Friedrich Meister

Der Vampyr
Eine Seegeschichte

Meister, Friedrich: Der Vampyr. Eine Seegeschichte
Hamburg, SEVERUS Verlag 2013

ISBN: 978-3-86347-585-7
Druck: SEVERUS Verlag, Hamburg, 2013
Textbearbeitung/Satz: Samantha Nietz

Der Text der vorliegenden Edition folgt der Ausgabe:
Meister, Friedrich: Der Vampyr. Eine Seegeschichte.
Leipzig 1911

Der SEVERUS Verlag ist ein Imprint der Diplomica
Verlag GmbH.

**Bibliografische Information der Deutschen
Nationalbibliothek:**
Die Deutsche Nationalbibliothek verzeichnet diese
Publikation in der Deutschen Nationalbibliografie;
detaillierte bibliografische Daten sind im Internet über
http://dnb.d-nb.de abrufbar.

FRIEDRICH MEISTER

DER VAMPYR

EINE SEEGESCHICHTE

Inhalt

Erstes Kapitel **5**
Wie Deutschland seemächtig werden wollte und
nicht konnte. - In englischem Dienst. - Vom
Präventivgeschwader. - Der „Wolf". - Eine düstere
Vorahnung. – In See. 5

Zweites Kapitel **18**
Am Kongo. – Auf dem Creek im Tropenwald. –
Antilope und Krokodil. – Tropischer Nachthimmel. –
Giftige Nebel. 18

Drittes Kapitel **30**
Der „Vampyr". – „Gott sei Dank, dass ich den Kerl
los bin!" – Das Floß. – Was Kapitän Walker erzählt.
– Ein ungeheuerlicher Verdacht. – Eine
Flaggenunterhaltung mit dem „Vampyr". 30

Viertes Kapitel **48**
Was Kapitän Walker über den „Vampyr" dachte. –
Die „Pensacola". – Wie der Yankeeschiffer
ausgehorcht wurde. – Ein angeblicher Jagdausflug. 49

Fünftes Kapitel **63**
Ausguck vom Wipfel eines Waldriesen. – „Was
gibt's neues da oben?" – Die drei Raubschiffe. – Eine
Lektion in der Vermessungskunde. – „Sie wissen
Ihren deutschen Dickkopf in der rechten Weise zu
verwenden"..63

Sechstes Kapitel **79**
Die Bootsexpedition. – Die Stimmen der Nacht. –
Ein Schreck. – „Wer hat da gesprochen?" – Das
Kanu. – Todesgedanken. – „Wir sind also entdeckt!"
– Der Angriff. – Abgeschlagen! – Abermals
vorwärts! – Hartnäckiger Kampf und nichtswürdige
Grausamkeit. – „Das ertrage ich nicht länger!" – Ein
schrecklicher Anblick. – Der Schoner sinkt. – Die
Brigg fliegt in die Luft...79

Siebentes Kapitel **98**
In der Gefangenschaft der Kongoneger. – Eine
schwarze Samariterin. – „Dachten Sie etwa, daß Sie
jetzt noch entrinnen können?" – Der Fetischmann. –
Heldenmut. – Menschenopfer. – Frei! – Die Flucht
durch den nächtlichen Wald. – Die Vorstellung. –
Wie Lubemba uns Waffen verschaffte. 98

Achtes Kapitel **121**
In der Hütte am Bach. – „Treu bis in den Tod!" –
Trauer um Lubemba. – Don Manuel Carnero. – Ein
gastlicher Nothafen. – Sennor Garcia Ribera. –
Abermals auf hohem Wipfel. – Ein „bösartiger"
Schoner. – Der „Wolf" in Sicht. 121

Neuntes Kapitel **146**
Ein meuchlerischer Überfall. – Was Leutnant Langfeld
mit Don Manuel zu verhandeln hatte. – Abschied. – Im
Kanu. – „Sehen sie das Untier, Herr Leutnant?" – An

Deck des Schoners. – „Zeigen wir unsern britischen Kameraden, wessen zwei deutsche Seeleute fähig sind." – Wie wir mit dem Schoner davongingen. – Die „Black Queen." – Langseit des „Wolf". 146

Zehntes Kapitel **175**
Warum Kapitän Vernon den zweiten Leutnant groß ansah. – Der „Wolf" auf der Jagd. – Das Rätsel der beiden Briggen. – Leutnant Guerlin abermals an Bord des „Wolf". – „Der Wetter ist von Sinnen!" – Ein Lob. 175

Elftes Kapitel **196**
„Wenn wir die Brigg nicht flügellahm schießen, läuft sie uns davon!" – Warum Guerlin in den dunklen Winkel kroch. – Wie aus dem „Vampyr" eine „Virginia" wurde. Des ersten Leutnants schreckliches Ende. – Der wahre „Vampyr". Austins Begräbnis. – Beförderungen. 196

Zwölftes Kapitel **211**
Schiffsbrand. – Die „Black Queen". – Wie der „Wolf" verloren ging. – Die „Virginia" zu rechter Zeit. – Warum Don Manuel fast wahnsinnig wurde. – „Jetzt haben wir ihn!" – Die „Black Queen" genommen. – Das Ende Guerlins und Riberas. – Erfülltes Sehnen. 211

Erstes Kapitel

Wie Deutschland seemächtig werden wollte und nicht konnte. - In englischem Dienst. - Vom Präventivgeschwader. - Der „Wolf". - Eine düstere Vorahnung. – In See.

Schwarzrotgolden war die Flagge, unter der ich meine Seemannslaufbahn begann; sie wehte von der Gaffel der hölzernen Fregatte „Deutschland".

Unter meinen jungen Lesern und Freunden wird mancher von einer solchen Fregatte und auch von einer deutschen Kriegsflagge in schwarzrotgoldenen Farben bisher noch nichts gehört haben, und doch ist diese Flagge einst der Hoffnungsstern gewesen, zu dem alle Patrioten, die eine deutsche Flotte ersehnten, begeistert aufschauten.

Man schrieb damals 1849. Im vorhergehenden Jahre hatte das kleine Dänemark mit ein paar alten, halbbemannten Fregatten unsre Küsten blockiert, viele unsrer Handelsschiffe gekapert und unsern gesamten Seehandel lahmgelegt. Da rief alles nach einer deutschen Seegewalt, und in glühendem, patriotischem Eifer ging man an die Schaffung einer Flotte.

Hamburg machte damit den Anfang. Eins der fünf Kauffahrteischiffe, die es dem Reichsministerium zur Verfügung stellte, war die sogenannte Fregatte „Deutschland", die sich zwar nicht als kriegstüchtig erwies, aber zur Ausbildung von Kadetten, damals Seejunker genannt, gut geeignet war.

Am 1. April 1849 zählte unsre Flotte – ich sage unsre Flotte, weil ich als Seejunker an Bord der „Deutschland" auch zu ihr gehörte – schon neun Kriegsdampfer und siebenundzwanzig Kanonenboote. Am 4. desselben Monats wurde in der Bucht von Eckernförde das dänische Linienschiff „Christian VIII" von den deutschem Strandbatterien in Brand geschossen und zerstört und die Fregatte „Gefirn", ein schönes Kriegsschiff mit 42 Geschützen den Dänen weggenommen und nach ihrer Ausbesserung der deutschen Marine einverleibt.

Nach dem Ruhmestage von Eckernförde brannten alle Mann in der Flotte vor Verlangen, sich ebenfalls mit den Dänen messen zu können, und als sich am 4. Juni unser Oberstkommandierender, der Commodore Brommy entschloß, mit den drei Dampfern „Barbarossa", „Hamburg" und „Lübeck" eine Erkundungsfahrt nach Helgoland zu unternehmen, da war der Jubel groß, und überglücklich schätzten sich alle, die zur Vervollständigung der Besatzung an Bord dieser drei Dampfer befohlen wurden. Zu den sechs Seejunkern, welchen man diese Auszeichnung zu teil werden ließ, gehörte auch ich, und zwar kam ich an Bord des Flaggschiffes „Barbarossa".

Das Wetter war herrlich, als wir aus der Weser in die offene See hinausdampften. Helgoland kam in Sicht und bald darauf, eine Meile südlich von der Insel, die dänische Korvette „Valkyrien"; ihre Segel hingen schlaff von den Rahen, und da sie in der herrschenden Windstille nicht manövrierfähig war, betrachteten wir sie schon als gute Prise.

Hoch klopften alle Herzen bei dem Signal: Kurs auf den Feind setzen. Bald darauf begann auch die Kanonade. Die Korvette führte, wie später bekannt wurde, 12 kurze Achtzehnpfünder, und ihre Besatzung zählte noch nicht zweihundert Mann; auf der Seite der Deutschen standen ihr die „Barbarossa" mit 8 achtundsechzigpfündigen Bombenkanonen und die beiden andern Dampfer mit je einem langen Sechsundfünzigpfünder und einem Zweiunddreißigpfünder gegenüber: unsre Besatzungen zählten zusammen vierhundert Mann. Der Däne war mithin schon so gut wie unser, so dachten wir – aber es kam anders.

Wegen der großen Entfernung richteten die Geschosse auf beiden Seiten nur wenig Schaden an, und um die Sache kurz zu machen, ließ die Korvette „Hamburg" Volldampf angehen, um den Feind zu entern.

In diesem Augenblick fiel auf Helgoland, damals bekanntlich noch englischer Besitz, ein Kanonenschuß. Commodore Brommy stieß eine wilde Verwünschung aus und stampfte wütend das

Deck. Dann gab er der „Hamburg" das Signal: In die Elbe einlaufen, und unmittelbar darauf ließ er den Flaggenbefehl flattern: Das ganze Geschwader Feuer einstellen. Die Schiffe drehten um und nahmen Kurs auf die Elbe.

Offiziere und Mannschaften standen sprachlos bei diesem Befehl, der ihnen die sichere Prise aus den Händen riß. Wenngleich sie stumm gehorchten, sah der Commodore doch wohl ein, daß er ihnen eine Erklärung seines Benehmens schuldig sei. Jener Schuß auf Helgoland war der Grund seiner unbegreiflichen Handlungsweise. Er sollte uns sagen, daß wir uns auf neutralem Gebiet, in englischem Gewässer befänden. Die Offiziere waren wütend; nach ihren Messungen betrug die Entfernung unsrer Schiffe von Helgoland fünf Seemeilen, die Neutralitätsgrenze aber war damals auf drei Seemeilen festgesetzt. Sie hätten sich auch nicht an den Schuß gekehrt, aber Brommy war andrer Ansicht; er durfte es nicht darauf ankommen lassen, mit England in Streit zu geraten, das Dänemark freundlich gesinnt war und in Schutz genommen hatte und außerdem die schwarzrotgoldene Flagge nicht anerkennen wollte.

Wenige Tage darauf ließ der englische Premierminister Lord Palmerston durch die „Times" verkünden, es hätten sich bei Helgoland Kriegsschiffe unter schwarzrotgoldener Flagge gezeigt; ließen sie sich noch einmal sehen, dann würden sie

durch englische Kriegsschiffe als Piraten aufgebracht werden.

Das war eine tödliche Beleidigung, aber die
deutsche Reichsregierung konnte in ihrer Ohn-
macht nichts dagegen tun. Zugleich war damit aber
auch das Todesurteil über unsere Marine ausgesprochen. Sie durfte sich nicht mehr auf See zeigen; sie
war dem Fluch der Lächerlichkeit verfallen. Und nun
kam auch sehr bald das Ende. Am 31. Dezember
1851 hörte die deutsche Flotte auf, Bundesflotte zu
sein und ihre Veräußerung wurde beschlossen.

Im Mai 1852 traf der Bundeskommissar Hanni-
bal Fischer in Bremerhafen ein, und unter seiner
Leitung begann die Versteigerung der Schiffe und
des Zubehörs, aber es dauerte fast noch ein Jahr,
ehe alles beendet war. Am 31. März war ein Ge-
neralbefehl Brommys erschienen, der dem deutschen Volke verkündete, daß die deutsche Flotte
aufgehört habe zu bestehen. So gehörte sie nur
noch der Erinnerung an.

    *   *   *

Die Offiziere der verkauften Schiffe, mit wenigen
Ausnahmen ehemalige Steuerleute deutscher Kauffahrer, wandten sich teils diesem Beruf wieder zu,
teils nahmen sie Dienste in ausländischen Flotten,
am zahlreichsten in der englischen, wo man sie gern
aufnahm und sie in den Rangklassen einreihte, welchen sie unter Commodore Brommy angehört hatten.

Ehe ich als Seejunker an Bord der Fregatte „Deutschland" gekommen war, war ich bereits vier Jahre auf preußischen Handelsschiffen gefahren, zuletzt als Vollmatrose. Zur Zeit der Auflösung der deutschen Marine zählte ich achtzehn Jahre. Meine guten Eltern hatte ich früh verloren; ich stand ganz allein in der Welt unter der Obhut eines Vormundes, der ein braver Mann war, sich aber nur wenig um mich kümmerte. Er hatte nichts einzuwenden, als ich, dem Beispiele einiger Kameraden folgend, in England Dienste nahm.

Von jeher hat man jenseits des Kanals eine Vorliebe für deutsche Seeleute gehegt und diese vor allen andern Ausländern gern sowohl auf Kauffahrteischiffen, als auch auf Kriegsschiffen in Dienste genommen. Im Allgemeinen ist diese Tatsache nicht an die große Glocke gehängt worden, das läßt der englische Nationalstolz nicht zu. Hin und wieder aber hat es dennoch auch dort drüben nicht an Leuten gefehlt, die offen auf diese Erscheinung hingewiesen haben, und sie damit zu erklären suchten, daß der deutsche Seemann nicht nur in allen Stücken dem britischen ebenbürtig, sondern auch zuverlässiger, weil nüchterner, sei als jener. Und da der Deutsche bekanntlich von alter Zeit her stets bereit gewesen ist, für fremde Herren Landsknechtsdienste zu tun, was sein Tatendrang und seine Abenteuerlust erklären, so hat es auch besonders in früheren Jahren der englischen Seefahrt an deutschen Kräften nie gefehlt. Heute hat Deutschland selbst eine große Marine, viele Kolonien und so ausgedehnte überseeische Verbindungen, daß der Dienst auf den Schiffen jener fremden Macht unsern jungen Seeleuten nicht mehr so verlockend erscheint.

Anders war's noch zu meiner Jugendzeit. Die Romantik des Seelebens blühte dazumal für uns Deutsche fast nur in englischen Diensten, und kein Seemann galt bei uns für voll, der nicht auf englischen Schiffen gefahren hatte.

Im fünften und sechsten Jahrzehnt des vorigen Jahrhunderts hatten die Bestrebungen Englands, dem an der Westküste Afrikas in unerhörtem Maße betriebenen Sklavenhandel eine Ende zu machen, eine große Anzahl abenteuerlustiger Seefahrer aller Nationen zum Eintritte in das Geschwader bewogen, das zur Ausübung dieses sogenannten Präventivdienstes im Atlantischen Ozean, zwischen Westindien und Afrika, zu kreuzen hatte. Daß die Deutschen hierbei nicht fehlen konnten, liegt auf der Hand. Sie waren zeitweise, und namentlich nach der Auflösung der Reichsmarine so stark vertreten, daß einzelne Fahrzeuge des Geschwaders eine fast durchweg deutsche Besatzung hatten.

Commodore Brommy, der eine Zuneigung zu mir gefaßt hatte, gab mir, als ich mich von ihm verabschiedete, ein in warmen Worten abgefaßtes Empfehlungsschreiben an einen einflußreichen

Mann in Portsmouth und ebnete mir so den Weg zu meiner neuen Laufbahn. Ich habe den edlen Mann nicht wieder gesehen: er starb am 9. Januar 1860. Es war ihm nicht vergönnt gewesen, das Morgenrot besserer Tage anbrechen, und wenn auch nicht die schwarzrotgoldene Flagge, so doch die schwarzweißrote des einigen und mächtigen Deutschen Reiches sich auf dem Ozean entfalten und sich die Achtung der Welt erringen zu sehen.

Dem Herrn, dem er mich empfohlen, gelang es sehr bald, mir an Bord eines kurz zuvor vom Stapel gelaufenen Kriegsschiffes eine Stellung als Midshipman zu verschaffen. Dieses Schiff war eine Korvette von 28 Kanonen – langen Achtzehnpfündern – und für den Dienst im Präventivgeschwader bestimmt. Sie war im Verhältnisse zu ihrer Breite sehr lang, von feinen und anmutigen Formen und lag tief im Wasser. Reiches Schnitzwerk umgab die Kajütenfenster in dem schön geformten Heck, und der weit ausladende Vordersteven war mit einem in vergoldeter Holzbildhauerei künstlerisch ausgeführten springenden Wolf geziert nach dem die Korvette auch ihren Namen führte.

Täglich wanderte ich zum Dock, in dem das schöne Schiff, das mein künftiges Heim werden sollte, an seiner Werft lag. Ich konnte mich nicht an dem stolzen Bauwerk und seinen wundervollen Formen sattsehen. Vom Takelwerk standen bis jetzt nur die Untermasten mit den Marsstengen; die Bramstengen befanden sich noch an Deck. Die Unter- und Marsrahen waren bereits aufgebracht. Bei näherer Musterung drängte sich mir der Gedanke auf, daß diese Rundhölzer – die Masten, Stengen und Rahen – eigentlich unverhältnismäßig groß und schwer für die Korvette seien; sie hätten für ein Fahrzeug von doppelter Größe ausgereicht. Ich war bereits lange genug zur See gefahren, um dafür ein Auge und Verständnis zu haben.

Als später auch die Bramstengen an ihrem Platze waren, da verstärkte sich bei mir noch der Eindruck, daß die Takelung zu wuchtig für das Unterschiff sei, eine Ansicht, die auch von andern geteilt wurde.

Um die Mittagszeit pflegten die meisten der mit den Arbeiten an Bord beschäftigten Schauerleute nach Hause zu gehen, einige wenige blieben auf der Werft und verzehrten auf Kisten oder Fässern sitzend, die mitgebrachten Vorräte.

Ich hatte mich eines Tages wieder einmal eingefunden, um den Fortgang der Arbeiten zu beobachten. Beim Umherschlendern gelangte ich in die Nähe einiger ihre Mittagsrast haltenden Arbeiter, und so vernahm ich einige Äußerungen, die sie über das Schiff taten.

„*Well*, Tom, wie denkst du jetzt über den Huker?"

Der angeredete Mann schüttelte mißbilligend den Kopf.

„Je länger ich ihn ansehe, desto weniger gefällt er mir", antwortete er.

„Mir geht's ebenso", sagte ein andrer. „Ich bin froh, daß ich nicht mit ihm in See zu gehen brauche."

„Auch meine Meinung", nahm ein Dritter das Wort. „Da drüben liegt die „Sirene", seht sie euch mal an. Sie ist eine Fregatte von 38 Kanonen, aber ihr Großmast ist nur um zwei Fuß höher als der des „Wolf". Ich weiß das genau, denn ich habe beide Hölzer zuhauen helfen. Die Korvette ist übermastet, das ist ganz gewiß."

Ich wandte mich um und verließ das Deck. Was ich da soeben gehört hatte, war eine Bestätigung meiner eigenen Ansicht und bedrückte mich. Für den Augenblick war meine Begeisterung für das schöne Schiff verflogen, und etwas wie eine düstere Vorahnung überkam mich, die ich jedoch, nach Seemannsart, bald wieder in den Wind schlug.

Eine Woche später erhielt ich von meinem Gönner, dem Bekannten des Commodore Brommy, einen Brief, in dem er mir mitteilte, daß Kapitän Vernon vom „Wolf" mich am nächsten Tage mit meiner Seekiste an Bord erwarte. Ich warf mich in meine neue Uniform, die der, die ich an Bord der „Deutschland" getragen hatte, sehr ähnlich war, machte dem Herrn einen Dank- und Abschiedsbesuch und begab mich dann in einem Mietsboot nach Spithead, wohin der „Wolf" inzwi-

schen gesegelt war, um sein Pulver an Bord zu nehmen.

Die Korvette war nach kurzer Fahrt erreicht; ich
eilte die Fallreepstufen hinauf und stand im nächsten Moment vor der ehrfurchtgebietenden Persön-
lichen des ersten Leutnants auf dem Quarterdeck
und meldete mich als an Bord gekommen. Ich will
hier gleich anführen, daß ich von der englischen
Sprache bereits so viel wußte, um mich ziemlich
geläufig in ihr ausdrücken zu können.

Mr. Austin, so hieß dieser Offizier, war ein
schöner, hochgewachsener Mann mit dunklem
Haar und Bart; wie er so vor mir stand, die Hände
auf dem Rücken, und mich mit seinen dunklen
Augen wohlwollend von oben bis unten betrachte-
te, fühlte ich mich sogleich für ihn eingenommen,
ein Gefühl, das sich im Laufe der Zeit durchaus
rechtfertigen sollte.

„So, also an Bord melden Sie sich", sagte er lächelnd. „Sie sind gewiß der junge deutsche Gentleman, von dem mir Kapitän Vernon erzählt hat.
Sie waren Midshipman in der sogenannten deutschen Marine. Ist's nicht so? Wie heißen Sie?"

„Paul Wetter."

„Ganz recht, ich erinnere mich; sie sind Mr.
Wetter. Kapitän Vernon sagte mir, daß Sie von
Ihrem Admiral an Mr. X. in Portsmouth bestens
empfohlen worden seien. Wie lange fahren Sie zur
See?"

Ich sagte es ihm; er nickte befriedigt.

„Mr. Johnson", wendete er sich an einen vorübergehenden Deckoffizier, „dies ist Mr. Wetter. Nehmen Sie ihn freundlichst unter ihren Schutz und geleiten Sie ihn zum Logis der Midshipmen."

Ich folgte meinem neuen Bekannten, überwachte das Anbordnehmen meiner Siebensachen und stieg dann mit ihnen zu dem Ort hinab, der auf lange Monate mein Asyl sein sollte.

Der war eine geräumige aber sehr unzulänglich erhellte Kajüte im Zwischendeck, zu der eine Leiter weiter hinunterführte. Die Ausstattung bestand aus einem sehr fest gezimmerten Tisch, zwei ebenso stark gebauten Bänken und zwei Armstühlen, jedes Stück unverrückbar an Ringbolzen im Dock festgezurrt. Einige Wandbretter und ein Spiegel, sechs Zoll lang und vier Zoll breit, vervollständigten diese Einrichtung, mit der sich vier Midshipmen – meine Wenigkeit mitgerechnet – und zwei Mastersmaaten zu behelfen hatten. In die Schotten vorn und achtern waren starke Haken zur Anbringung der Hängematten eingeschraubt. Von einem der Decksbalken hing eine mit Hornscheiben versehene und ein Talglicht enthaltene Laterne herab.

Ich wählte einen Platz für meine Kiste aus, die sodann von einem Schiffsjungen, der hier unten die Bedienung hatte, festgezurrt wurde, und begab mich wieder an Deck.

Während dieses Tages und auch während des ganzen folgenden Tages hatten alle Mann alle Hände mit der Ergänzung der Vorräte und den Vorbereitungen zum Auslaufen zu tun. Am Morgen des zweiten Tages nach meinem Dienstantritt wurden das Vormarssegel losgemacht, der blaue Peter im Vortopp geheißt, die Boote binnenbords genommen und dann alle Mann zum Frühstück gepfiffen. Um elf Uhr vormittags kam der Kapitän an Bord, der bis dahin an Land gewohnt hatte, dann ging es ans Ankerhieven, die Segel wurden gesetzt, und vor einer pfeifenden Brise aus Ostsüdost rauschte die Korvette hinaus in die offene See.

Zweites Kapitel

*Am Kongo. – Auf dem Creek im Tropenwald. –
Antilope und Krokodil. – Tropischer Nachthimmel.
– Giftige Nebel.*

Die gute Brise brachte uns schnell durch den
Kanal und halbwegs über die biscayische See,
wobei das Schiff sich als ein trefflicher
Schnellsegler erwies, so daß sich alle Mann, vom
Kapitän abwärts, in bester Stimmung befanden.
Dann trat ein Wechsel ein, der Wind sprang nach
Südwest herum, das Wetter wurde böig und die
Korvene mußte mit scharf angebraßten Rahen hart
an den Wind gepreßt werden. Hierbei machten wir
eine höchst unangenehme Entdeckung an unserm
Fahrzeug, nämlich die, daß es in bedenklichem
Grade rank war.

Wir erreichten unsern nächsten Bestimmungs-
ort, Sierra Leone, nach einer Fahrt von etwas über
drei Wochen. Hier hielten wir uns nur wenige
Stunden auf und setzten, sogleich nachdem der
Kapitän vom Gouverneur seine Befehle erhalten
hatte, die Reise nach der Mündung des Kongo fort,
wo wir den „Leopard" zu finden hofften, den der
„Wolf" auf der dortigen Station ablösen sollte. In
der Hoffnung, unterwegs eine Prise machen zu
können, ließ der Kapitän dem Schiffe nur wenig
Leinwand geben, aber diese Hoffnung erfüllte sich
nicht, und mit leeren Händen langten wir nach

einer Fahrt von weiteren dreiundzwanzig Tagen auf der Höhe der Kongomündung an. Gleich am nächsten Morgen bekamen wir den „Leopard" in Sicht, und eine Stunde später lagen wir dicht beieinander. Der Kapitän kam an Bord und machte unserm Kommandanten allerlei Mitteilungen. Gegenwärtig, so sagte er, befänden sich keine Sklavenfahrzeuge im Flusse, aber er habe die Nachricht erhalten, daß drei Schiffe von Kuba hier täglich erwartet würden. Auch bestätigte er, was unser Skipper von dem Gouverneur von Sierra Leone bereits vernommen hatte, nämlich daß große Mengen von gefangenen Schwarzen, die am Ufer flußaufwärts angesammelt waren, um an die Sklavenkäufer ausgeliefert zu werden, von Zeit zu Zeit auf geheimnisvolle Weise verschwunden seien, und zwar, wie man festgestellt hatte, immer nur dann, wenn man außer Kriegsschiffen keine andern Fahrzeuge in der Gegend gesichtet hatte.

Um die Mittagzeit machte der „Leopard" sich auf die Heimreise nach England, wo seine Mannschaft abgemustert werden sollte. Wir aber braßten wieder voll und gingen nach kurzer Fahrt zwei Seemeilen von Padron Point, dem südlichen Vorland der Flußmündung, in neun Faden Wasser zu Anker.

Obgleich der Kapitän des „Leopard" versichert hatte, daß gegenwärtig keine Fahrzeuge im Kongo seien, so wollte unser Skipper sich doch selbst von der Richtigkeit dieser Behauptung überzeugen. Verhielt es sich wirklich so, dann gab es keine günstigere Gelegenheit für uns, den Fluß ohne Belästigung zu erforschen und kennen zu lernen, um dann, wenn es erforderlich wurde, mit der Korvette schnurstracks hineinlaufen zu können, ohne erst lange wie mit verbundenen Augen umhertappen zu müssen.

Gleich nach dem Mittagessen wurde die Gig zu Wasser gebracht, Mr. Austin übernahm ihre Führung, und ich wurde ihm gleichsam als Adjutant beigegeben. Alle Mann waren in voller Bewaffnung. Die Brise war inzwischen einer völligen Windstille gewichen; die Sonne brannte mit unbarmherziger Gewalt hernieder, als wollte sie uns auf unsern Duchten bei lebendigem Leibe rösten. Wir hatten eine lange Fahrt vor uns, denn obgleich das Schiff nur zwei Seemeilen vom Lande entfernt lag, so mußten wir, ehe wir in den Fluß hineingelangen konnten, erst noch an einer in nordöstlicher Richtung liegenden, sechs Seemeilen entfernten Landzunge vorbeikommen, die den Namen Shark Point führte, wie Mr. Austin mir sagte. Zum Glück hatte die Flut eingesetzt, ehe wir uns auf den Weg machten, und so war uns die Strömung günstig.

Nach langem und mühseligem Rojen hatten wir endlich Shark Point hinter uns; weit dehnte sich der gewaltige Strom aus, der hier mindestens sechs Seemeilen breit war. Wir richteten unser Augenmerk zunächst auf die vielen Creeks, die sich auf unsrer linken Seite in den Kongo ergossen und in welchen allerlei Fahrzeuge leicht Unterschlupf finden konnten. Wir untersuchten einige von ihnen; sie waren von nur geringer Tiefe und ihre Ufer waren aus graubraunem, übelriechendem Schlick gebildet, nur ein wenig dicker als Erbsensuppe. An ein Anbordnehmen von Sklaven war in diesen Creeks nicht zu denken.

Ein paar Seemeilen weiter aufwärts kamen wir an die Mündung eines größeren Creeks, der etwa eine halbe Seemeile breit war. Wir rojten hinein. Die Ufer waren dicht mit Mangroven bestanden, Sumpfbäumen, deren Wipfel sich ungefähr zehn Meter über den Boden erhoben. Die Stämme dieser Bäume reichten jedoch nicht bis auf den Boden herab, sondern ruhten auf knotigen Wurzeln, die in hohen Bogen aus dem Erdreich emporwuchsen. Diese Wurzeln zerteilten sich nach allen Richtungen, so daß man die Bäume mit vielfüßigen Geschöpfen hätte vergleichen können, die mit den Wurzeln oder Füßen ihrer Nachbarn ein wirres Durcheinander bildeten. Das Ganze war von Schlinggewächsen durchwoben, die teils von den Wurzelbogen herabhingen, teils sich oben in den Baumkronen verloren.

Wir fuhren eine weite Strecke aufwärts, bis der Creek nur noch eine Breite von hundert Metern und eine Tiefe von sechs Fuß hatte. Hier hörte der Mangrovensumpf auf, die Ufer verwandelten sich in sanft abfallende Rasenböschungen, über welchen sich ein dichter Dschungelwald erhob, dessen Blattwerk buchstäblich alle Farben des Regenbogens zeigte. Grün in allen seinen Schattierungen war natürlich vorherrschend, von den zarten blassen Tinten der sprossenden Blättchen, bis zur dunklen, beinahe schwarzen Olivenfarbe. Da war Laub von rötlicher Bronze, abwechselnd mit Büscheln schwertförmiger, fein aschgrau getönter Blätter; andres Laub erglühte in brennendem Scharlach, noch andres war dicht mit kurzem, weißem, wie Atlas erschimmerndem Pelz bedeckt – ich finde keine andre Bezeichnung dafür –, und diese Blätter glänzten und blitzten im Sonnenlicht wie poliertes Silber. Viele der Bäume prangten in reichem Blütenschmuck, herrlich in Farbe und Form. Dazu sah man überall die Passionsblumen und andre blühende Lianenarten in so unendlicher Verschiedenheit, daß ein Botaniker sich hier im siebenten Himmel des Entzückens gewähnt hätte.

Auch war dieser Dschungelwald keineswegs unbewohnt, denn ab und zu hörten wir ein scharfes Knacken von Zweigen und Ästen in seinen Tiefen, neben andern geheimnisvolleren Lauten; gelegentlich sahen wir auch Affen in dem Gezweig der höheren Bäume, und Vögel von prachtvollem Gefieder huschten von einem Wipfel zum andern oder schossen blitzschnell über die Creek.

Wenngleich wir bereits weiter vorgedrungen waren, als ein Schiff, wenn auch von kleinstem Tonnengehalt, hätte gelangen können, so hatte uns der Zauber dieser wunderbaren Natur doch so bestrickt, daß wir langsam noch eine Seemeile weiter paddelten. Bald trat der Wald auf beiden Seiten bis unmittelbar an das Wasser heran, das hier nur noch hundert Fuß breit und vier Fuß tief war. Die Kronen der größeren Bäume neigten sich gegeneinander und schlossen bald das Sonnenlicht fast vollständig aus; es herrschte nur noch ein grünes Zwielicht, an das unsre Augen sich erst gewöhnen mußten, ehe sie etwas zu unterscheiden vermochten.

Die Überwölbung wurde schließlich so dicht, daß wir auf eine Strecke von hundert Metern einen regelrechten Tunnel vor uns sahen. Als das Boot hier hineinglitt, hielten die Matrosen unwillkürlich mit Rojen inne, ließen das Fahrzeug treiben und blickten um sich, verloren in Staunen und Bewunderung.

Nachdem das Geräusch der Remen in den Dollen aufgehört hatte, trat eine Totenstille ein, die einen fast bedrückte; nichts war vernehmbar als das leise Plätschern des Wassers an den Bootsplanken und zwischen den Wurzeln der Bäume. Hier ließ sich kein Vogel sehen, nicht einmal ein Insekt, die Moskitos allerdings ausgenommen, die uns bald in großen Mengen zu umschwärmen begannen. Aber das Bild, das uns die lange Flucht des Laubgewölbes darbot, war zauberhaft schön. Tiefe, beinahe schwarze Schatten, Schlinggewächse, mit bunten Blüten überladen, grünliche Lichtstrahlen, die durch unsichtbare Öffnungen des Gewölbes hereinschossen und hier ein Blütenbündel und dort ein Büschel federförmiger Wassergewächse beleuchteten – es war über alle Beschreibung reizvoll.

Wir saßen in Schweigen versunken, als plötzlich ein knisterndes Geräusch, das über unserm Backbordbuge aus dem Dickicht kam, unsre Aufmerksamkeit fesselte. Das Boot, das bis jetzt noch einigen Antrieb gehabt hatte, war zum Stillstand gekommen, die Matrosen waren im Begriff, wieder die Remen zu ergreifen, wurden jedoch durch Mr. Austins schnell erhobene Hand daran verhindert.

Das Knistern und Knackeu wiederholte sich in kurzen Zwischenräumen und dann trat plötzlich, ohne ein Blatt zu bewegen, etwa zwanzig Meter vor uns eine prachtvolle Antilope aus dem Ufergebüsch und schritt langsam ins Wasser. Da erspähte ihr scharfes Auge das Boot und die Menschen darin, und sogleich blieb sie unbeweglich stehen. Sie war ein schönes großes Tier, in den Schultern etwa so hoch wie eine Kuh; ihr glattes, schimmerndes Fell war von einem hellen Schokoladenbraun, der Bauch und die Innenseiten der Schenkel ausgenommen, die schneeweiß waren; lange, geschweifte Hörner schmückten den Kopf.

Leutnant Austin streckte soeben vorsichtig die Hand nach dem neben ihm liegenden Gewehr aus, da rauschte unmittelbar vor der Antilope das Wasser schäumend auf, und blitzschnell, ehe das Tier noch eine Bewegung zu seiner Rettung machen konnte, hatte ein großes Krokodil es an einem der Vorderbeine ergriffen und begann es ruckweise in das tiefere Wasser zu ziehen. Obgleich die meuchlings überrumpelte Antilope sich stark im Nachteil befand, versuchte sie dennoch, sich nach Kräften zu wehren; sie führte mit den spitzen Hörnern Stoß auf Stoß gegen den greulichen Feind und stemmte sich mit den freien drei Beinen kräftig gegen das Zerren des Untiers.

„Vorwärts, Leute!" rief der Leutnant. „Anrojen! Rammt die Bestie mit dem Steven! Ihr, Bugmann, legt den Remen ins Boot und geht ihr mit dem Bootshaken zu Leibe; trefft sie ins Gelenk unter dem Vorderarm, wenn Ihr könnt, da ist sie am kitzlichsten."

Die Matrosen rojten aus Leibeskräften. Nach wenigen Sekunden schon rannte das Boot mit dumpfem Krach gegen das Krokodil an, das sich jedoch aus dem gewaltigen Stoß nicht das mindeste zu machen schien. Es hatte die Antilope soweit mit sich gezerrt, daß das Wasser dieser bereits bis an den Bauch ging.

„Streichen überall!" rief Mr. Austin, der jetzt mit dem Gewehr in den Händen aufrecht in den Sternschoten stand. „Gebt's ihm mit dem Bootshaken, Ben, stoßt tüchtig zu! So, das war gut – nun nochmal – das Biest muß loslassen – bravo!"

Das Krokodil hatte seine Beute fahren gelassen und war im Wasser verschwunden. Kaum fühlte die Antilope sich frei, da drehte sie sich herum und sprang auf drei Beinen dem Ufer zu, das vierte war oberhalb des Kniegelenkes zerbrochen. Allein noch hatte das Tier keine zwei Schritte auf dem Lande getan, als es, von des Leutnants Kugel getroffen, tot niederstürzte.

Wir rojten an Land, das erlegte Wild wurde ins Boot geschafft und in den Sternschotten niedergelegt, und da in der Nähe einige Bananenbäume mit reifen Früchten standen, ließ der Leutnant auch drei Bunde von diesen, an deren jedem ein Mann vollauf zu schleppen hatte, abschneiden und ins Boot bringen.

Die dunkler werdenden Schatten gemahnten uns daran, daß die Sonne im Sinken war. Wir machten uns daher auf den Rückweg und erreichten den Kongo ungefähr eine halbe Stunde vor Sonnenuntergang. Shark Point, oder vielmehr die Wipfellinie der Mangroven, die auf dieser Landzunge wuchsen, war in einer Entfernung von guten elf

Meilen am Horizont sichtbar, es galt daher jetzt Eile.

Da inzwischen die Ebbe eingetreten war, hatten wir die Strömung mit uns, auch der Landwind hatte sich aufgemacht, und so wurden die Remen eingelegt, der Mast aufgerichtet und das Segel gesetzt, und nach wenigen Minuten rauschten wir mit einer Fahrt von zehn Knoten den Strom hinab.

Die Sonne sank in einer überwältigenden Pracht von feurigem Purpur, Karmesin und Gold unter den Horizont, als wir noch fünf Seemeilen von Shark Point entfernt waren, und zehn Minuten später umgab uns Nacht, die herrliche Nacht der Tropen in all ihrer hehren Schönheit. Am Firmament zeigte sich keine Wolke, eine niedrige Bank über der westlichen Kimmung ausgenommen, und zahllose glitzernde Kleinode funkelten aus dem samtenen Blauschwarz des Himmelsgewölbes hernieder. Ich erinnere mich nicht, jemals vorher oder nachher so viel der kleinen und kleinsten Gestirne gesehen zu haben; die größeren und die Planeten strahlten mit einem Glanz hernieder, der auf der leichtbewegten Flut in langen Streifen silbernen Lichtes widergespiegelt wurde.

Das viereckige, an einer Rahe befestigte Lugsegel des Bootes, das sich bisher wie ein dunkler Fleck von dem Sternenhimmel abgehoben hatte, begann auf einmal schnell heller und immer heller zu werden, bis es in gelber Beleuchtung erschien,

durchkreuzt von dem ebenholzschwarzen Schatten-
strich des Mastes. Von dem Segel kroch das Licht
weiter abwärts, und nach einer weiteren halben
Minute waren Boot und Mannschaft in ihm gebadet.
Ich schaute rückwärts, um die Ursache dieser Erscheinung zu ergründen – da sah ich den vollen
Mond über den fernen Baumwipfeln emporschwe-
ben, um das Vierfache vergrößert und rötlich oran-
gegelb gefärbt durch den Nebeldunst, der vom Flusse aufzusteigen begann.

Unter der zauberischen Wirkung des Mondlich-
tes erschien der mächtige Fluß mit seinem Hintergrund von Wald und Dschungeln, die sich geister-
haft über die webenden Nebel und die schimmern-
den schnellfließenden Wasser erhoben, als ein Bild
von so seltsam traumhafter Schönheit, daß Worte
es nicht zu beschreiben vermögen.

Ich muß jedoch gestehen, daß meine Bewunderung ganz erheblich abgekühlt wurde, als Mr. Austin mir erklärte, daß der Dunst, der der Flußland-
schaft so viel Reiz verlieh, nur der Vorläufer jenes
mit tödlichen Miasmen erfüllten Nebels sei, der
den Kongo zu einem für Europäer so gefährlichen
Strom macht. Ich war daher recht froh, als wir uns
drei Viertelstunden später wieder langseit des
„Wolf" und auf der dunstfreien See befanden.
Unsre Beute, die Antilope und die Bananen, wurde
an Bord der Korvette hochwillkommen geheißen;
die Früchte wurden am Besansbaum aufgehängt,

um noch nachzureifen, das erlegte Tier aber händigte man dem Koch ein, der es auf der Stelle abziehen und ausweiden mußte. Am folgenden Tage erfreuten sich alle Mann, achtern sowohl wie vorn, des ungewohnten Luxus, saftigen Wildbraten zu Mittag vorgesetzt zu erhalten.

Nachdem der erste Leutnant dem Skipper Bericht über die Bootsfahrt erstattet und gemeldet hatte, daß sich keine Schiffe im Flusse befänden, gingen wir noch an demselben Abend Anker auf und kreuzten unter mäßiger Leinwand die ganze Nacht vor der Mündung hin und her.

Drittes Kapitel

Der „Vampyr". – „Gott sei Dank, dass ich den
Kerl los bin!" – Das Floß. – Was Kapitän Walker
erzählt. – Ein ungeheuerlicher Verdacht. – Eine
Flaggenunterhaltung mit dem „Vampyr".

Gegen drei Glasen (1/2 10 Uhr) in der Vormittags-
wache des nächsten Tages meldete der Ausguckmann ein Segel über dem Backbordbuge. In der
üblichen Weise befragt, berichtete er weiter, daß
das fremde Schiff eine Brigg sei, die unter Bram-
segeln dem Lande zusteuere und das Aussehen
eines Kriegsfahrzeuges habe.

Etwa um sechs Glasen (11 Uhr) waren die
Fahrzeuge einander bis auf eine Seemeile nahe
gekommen, und wenige Minuten darauf lief der
Fremde quer vor unserm Buge vorüber, braßte
das Großmarssegel back und brachte ein Boot zu
Wasser. Da hieraus hervorging, daß er uns sprechen wollte, ließ Kapitän Vernon ebenfalls backbrassen und ein paar Kabellängen zu Luwart von
der Brigg beidrehen.

Diese war ein schönes, fein modelliertes Fahrzeug, lang und niedrig, mit hohen, keck nach
achtern gelehnten Masten und schwerer Takelung. Sie führte auf jeder Seite sieben Geschütze,
anscheinend von demselben Kaliber wie die unsrigen – lange Achtzehnpfünder – und auf der
Back stand noch ein weiteres, das wie ein langer

Zweiunddreißigpfünder aussah. An ihrer Gaffel wehte die französische Flagge.

Das Boot schoß heran und legte in elegantem, echt kriegsschiffsmäßigem Bogen auf unsrer Steuerbordseite an, und gleich darauf kam ein Mann in der Uniform eines französischen Marineleutnants über das Fallreep an Deck. Er war von mittlerer Größe und ziemlich breitschultrig; sein Gesicht war so stark gebräunt, daß es beinahe eine Mahagonifarbe hatte, sein Haar und sein buschiger Bart waren kohlschwarz, ebenso seine stechenden, unruhigen Augen. Obgleich er eigentlich ein ansehnlicher Mann genannt werden konnte, so hatten seine Züge dennoch einen wilden, abstoßenden Ausdruck, der jedoch verschwand, sobald er zu reden begann.

„*Bon jour, m'sieur*", sagte er, seine Mütze lüftend zu Mr. Austin, der ihn am Fallreep empfing. „Was für ein Schiff ist dies?"

„Dies ist Ihrer Britannischen Majestät Korvette „Wolf", antwortete unser erster Leutnant; „was für ein Schiff ist das Ihre?"

„Das ist die französische Kriegsbrigg „Vampyr", und ich bin Jules Guerlin, ihr erster Leutnant, zu Ihren Diensten. Sind Sie *le capitaine* von diese *vaisseau de guerre?*"

„*No, sir;* ich bin der erste Leutnant, und mein Name ist Austin", erwiderte dieser mit einer leichten Verbeugung. „Kapitän Vernon ist in seiner Kajüte; wünschen Sie ihn zu sehen?"

In diesem Augenblick erschien der Skipper an Deck, und der französische Offizier wurde ihm von Mr. Austin in aller Form vorgestellt.

Es war meine Wache an Deck, und da ich in Lee von der Gruppe auf- und abspazierte, so vernahm ich so ziemlich alles, was geredet wurde. Der „Vampyr", so berichtete Leutnant Guerlin, war soeben von einer vergeblichen Jagd auf eine große Bark zurückgekehrt, die vor drei Wochen aus dem Kongo gekommen und der es gelungen war, dem ihr auflauernden „Vampyr" auszuweichen. Der Franzose hatte sie über den halben Atlantik verfolgt, ohne ihrer habhaft werden zu können. Jetzt war er wieder gekommen, in der Hoffnung, bald einen besseren Erfolg zu erzielen. Nach dem Kurse zu urteilen, den wir steuerten, glaubte er annehmen zu können, daß wir aus dem Kongo kämen, und deshalb hätte er, auf Befehl von Kapitän Dubois, sich die Freiheit genommen, an Bord zu kommen, um sich zu erkundigen, was es in der Gegend Neues gäbe.

Unser Skipper erzählte ihm von unsrer Bootsfahrt, sagte ihm, daß gegenwärtig kein Schiff im Kongo zu sehen wäre und lud ihn zum Schluß ein, in der Kajüte ein Glas Wein mit ihm zu trinken, was Monsieur Guerlin auch mit Dank annahm.

Nach Verlauf von einer halben Stunde erschienen sie wieder an Deck. Der Franzose schwatzte lebhaft und unaufhörlich in seinem gebrochenen

Englisch und gestikulierte dabei mit Händen, Armen und Schultern, wie nur solch ein Franzmann dies fertigbringen kann. Es entging mir jedoch nicht, daß er trotz seines eifrigen Redens seine Rattenaugen fortwährend überall umherschweifen ließ, nicht etwa nur verloren und unwillkürlich, sondern offenbar mit dem ganz bestimmten Zweck, sich alles, was sichtbar war, genau einzuprägen. Auch fiel mir auf, daß sein Englisch bald mehr, bald weniger und zeitweise gar nicht gebrochen war. Aus all diesem schloß ich, daß Monsieur Guerlin nicht der offene und ehrliche Mann war, der er uns gegenüber gern scheinen wollte.

Gern hätte ich Mr. Austin diese meine Gedanken bei nächster Gelegenheit mitgeteilt, dann aber überlegte ich, daß Monsieur Guerlin ja eigentlich gar keinen Grund habe, uns in irgend einer Weise zu hintergehen, und so kam mir die Sache wieder aus dem Sinn.

Endlich verließ unser Besucher unter vielen Bücklingen wieder das Schiff; noch vom Fallreep aus ließ er einen letzten forschenden Blick über das ganze Deck schweifen, und fünf Minuten später war er wieder an Bord seines eigenen Schiffes, das das Boot binnenbords nahm, das Großmarssegel wieder vollbraßte, als Abschiedsgruß die Flagge dippte und dann seinen Kurs weitersteuerte.

„Gott sei Dank, daß ich den Kerl endlich los bin!" rief Kapitän Vernon lachend, als die Brigg davonsegelte. „Er hat mich förmlich lenzgepumpt; solch einen Bohrwurm, solch einen neugierigen Menschen habe ich in meinem ganzen Leben noch nicht kennen gelernt. Aber ich glaube, ich habe ihn davon abgebracht, sich noch länger hier an der Küste herumzutreiben. wir brauchen keine Franzosen bei unsrer Arbeit; mögen sie sich einen andern Wirkungskreis aussuchen."

Den Rest des Tages und auch noch die ganze Nacht hielten wir von der Küste ab; wir hatten nur die Marssegel stehen und liefen ungefähr sechs Knoten. Um sechs Glasen (11 Uhr), am folgenden Vormittag kam etwa drei Strich backbord voraus etwas in Sicht, was der Ausguckmann für treibendes Wrackzeug hielt. Mr. Langfeld, unser zweiter Leutnant, sprang mit dem Teleskop in den Vorbramsaling hinauf und erkannte von hier aus auf den ersten Blick, daß jener Gegenstand ein Floß war, auf dem sich Schiffbrüchige befanden. Kapitän Vernon ließ sogleich auf das Floß abhalten, einen Kanonenschuß abfeuern und die Flagge heißen, um den etwa sechs Seemeilen entfernten Schiffbrüchigen bekannt zu geben, daß man ihnen Hilfe bringen wolle.

Um die Mittagzeit drehte der „Wolf" hundert Meter von dem Floß bei und sendete ein Boot ab, die Unglücklichen an Bord zu holen. Das Wrack war ein kümmerliches Machwerk aus einigen Spieren, einigen halb verbrannten Hühnerhocken und ein paar verkohlten Schanzkleidungsplanken; dabei war es so klein, daß es kaum den auf ihm befindlichen vierzehn Menschen Raum gewährte.

Es war ein Glück für die Ärmsten, daß das Wetter gut war, denn bei einigermaßen hohem Seegang hätte das Floß kaum eine halbe Stunde zusammengehalten. Dem Anschein nach zu urteilen, hatten die Schiffbrüchigen ihr Fahrzeug verlassen müssen, weil es in Brand geraten war; und so verhielt es sich auch, allerdings nicht in der Weise, die wir voraussetzten.

Ich war mit ins Boot gegangen. Als wir bei dem Floß anlangten, sahen wir eine Schar von Haien es gierig umkreisen und ab und an darauf zuschießen, in der Erwartung, einen oder den andern der Schiffbrüchigen ins Wasser reißen zu können. Die gefräßigen Ungeheuer waren so hartnäckig, daß die Bootsmannschaft sich tatsächlich hindurchschlagen mußte, um zum Floß gelangen zu können, wobei sowohl Remen als auch Fußleisten als Waffen verwendet wurden. Trotzdem gelang die Rettung der armen Menschen ohne Unfall, und eine Viertelstunde nach dem Aussetzen des Bootes hing es wieder in seinen Davits, und die geborgenen Schiffbrüchigen, von welchen die meisten mehr oder weniger schwere Brandwunden an sich trugen, befanden sich unter Deck in der Behandlung des Arztes und seines Assistenten.

Nachdem ihre Verletzungen verbunden waren, erhielten die Leute Speise und Trank; sie waren halb verschmachtet, denn sie hatten zweiundvierzig Stunden hungern und dursten müssen. Darauf ließ der Kommandant den unter den Geretteten befindlichen Kapitän vor sich kommen, um sich von ihm erzählen zu lassen, wodurch das Unglück entstanden sei.

Später hörte auch ich aus dem Munde des bedauernswerten Mannes die Geschichte, die ich hier wiedergebe.

„Mein Name ist Walker", so begann er, „und mein Fahrzeug, das in Liverpool daheim war, hieß ‚Ophelia'. Es war eine Bark von dreihundertundfünfzig Tonnen, aus Eichenholz erbaut, mit Kupferbeschlag versehen und erst fünf Jahre alt.

Heut sind es fünfundvierzig Tage, seit wir von Liverpool nach St. Paul de Loanda in See gingen, mit einer Ladung Stahl- und Eisenwaren von Birmingham und Manchester an Bord.

Alles ging gut, bis vor zwei Tagen. Kurz vor acht Glasen in der Nachmittagswache hatte ich einen Mann nach oben geschickt, um das Großbramsegel festzumachen. Auf einmal meldete er ein Schiff, dwars ab in Lee, das trotz der steifen Brise alle Segel stehen hatte. Ich bin schon ein paarmal in St. Paul de Loanda gewesen und weiß, wie es an der Westküste zugeht; auf der ersten

Reise hatte uns ein schuftiger Spanier ausgeplündert und auf der zweiten waren wir mit knapper Not einem andern Raubschiff aus den Fängen gekommen. Ich ging also mit dem Glas nach oben, um zu sehen, was das für einer wäre.

Der Fremde war eine Brigg von etwa dreihundert Tonnen, unter vollen Segeln, mit ganz schwarz gemaltem Rumpf und blitzblank gescheuerter Bekupferung. Der Kasten gefiel mir gar nicht, er hatte ein verdächtiges Aussehen, und die Segelpressung bei dieser steifen Brise bedeutete nichts Gutes. Aber meine „Ophelia" war auch ein fixer Segler, und so nahm ich mir vor, alles aufzubieten, um uns die Brigg soweit als möglich vom Leibe zu halten, und als einige Minuten später die andre Wache an Deck kam, da ließ ich die kurz vorher weggenommenen Segel – Bramsegel, Oberbramsegel, Außenklüver und die Stagsegel – sämtlich wieder setzen, und die „Ophelia" fing an zu jagen, daß der Schaum am Buge wie Dampf nach Lee sprühte.

Dann peilte ich den Fremden nach dem Kompaß, und eine Stunde oder so verloren wir auch nichts, aber bei Sonnenuntergang mußte ich mir doch gestehen, daß die Brigg nicht nur besser luvte als wir, sondern uns auch auflief. Noch aber war sie eine weite Strecke von uns entfernt, und wenn die Nacht finster geworden wäre, dann hätte ich versucht, ihr auf irgend eine Weise aus

Sicht zu kommen; aber die Sonne war kaum unter der Kimmung, da stieg auch schon der volle Mond herauf und natürlich konnte die Brigg uns, das viel größere Schiff, deutlicher sehen, als wir sie.

Um sieben Uhr ging sie über Stag, und nun wußte ich, was sie beabsichtigte, und als sie kurz vor acht Glasen direkt in unserm Kielwasser wieder wendete, da schwand mir jeder Zweifel. Sie befand sich um diese Zeit etwa acht Seemeilen achter uns; um Mitternacht war sie uns zu Luwart aufgelaufen; ohne jeden Anruf feuerte sie ihre Breitseite von sieben Achtzehnpfündern in uns hinein und befahl uns, sofort beizudrehen.

Unglücklicherweise hatten mich meine Reeder nur mit einem halben Dutzend alter Musketen in See geschickt, und obendrein ohne jegliche Munition dazu; was konnte ich da tun? Nichts als gehorchen und die Rahen backbrassen, was denn auch geschah. Die Brigg tat dasselbe, dann fierte sie ein Boot zu Wasser und schickte uns eine Crew von zwanzig Kerlen an Bord, von denen einer immer gefährlicher und blutdürstiger aussah, als der andere. Sie fielen ohne weiteres über uns her, warfen uns nieder, fesselten uns die Hände auf dem Rücken, banden uns die Füße und zogen dann diese bis an die Hände heran. Darauf bündelten sie uns achteraus auf das Kampanjedeck, wo zwei der Piraten uns bewachen mußten, während die übrigen sich an die Plünderung des Schiffes machten.

Der Anführer der Bande war ein mittelgroßer, vierschrötiger Halunke mit dunkelgebräuntem Gesicht und schwarzem Haar und Bart; er suchte zuerst nach dem Schiffsmanifest, und als er aus diesem ersehen hatte, daß sich unter der Ladung mehrere Rollen Segeltuch, eine Menge neuen Tauwerks, vier Kisten mit Taschenuhren und Juwelen und ein Dutzend Kisten mit Glasperlen befanden, befahl er mir in gebrochenem Englisch, ihm anzugeben, wo diese Dinge verstaut waren. Darauf ließ er die Luken öffnen und so viel von der Ladung an Deck schaffen, bis er das Gesuchte gefunden hatte.

Nachdem die Perlen, das Taugut, das Segeltuch und noch vieles andre, an dem er Gefallen gefunden, zusammen sechs Bootsladungen, an Bord der Brigg geschafft worden waren, verlangte er von mir zu wissen, wo das Geld versteckt wäre, das ich an Bord hätte, wie er in Erfahrung gebracht habe.

Nun fügte es sich aber, daß ich so gut wie gar kein Geld in meinem Besitz hatte, denn meine Reeder sind so mißtrauische Leute, daß sie keinem Menschen auch nur einen einzigen Schilling mehr anvertrauen, als dringend nötig ist, wodurch sie sich schon oft genug im Lichte gestanden haben. Well, ich sagte dem Banditen, daß wir kein Geld an Bord hätten; da holte er seine Uhr hervor und rief laut, damit alle Mann es hören sollten, daß er uns fünf

Minuten Zeit geben wolle, uns zu besinnen, ob wir ihm das Versteck des Geldes nennen wollten oder nicht; täten wir das nicht, dann würde er nach Ablauf dieser Frist die Bark in Brand stecken und uns alle lebendig verbrennen lassen. Und das hat der Hund dann auch getan."

„Was!" rief ich. „Er hat das Fahrzeug tatsächlich in Brand gesetzt? Selbstverständlich hatte er Ihnen allen aber doch zuvor die Fesseln abnehmen lassen, damit Sie wenigstens einen Versuch zu ihrer Rettung machen konnten!"

Ich will Ihnen sagen, was er getan hat, Mr. Wetter", antwortete der Kauffahrteischiffer. „Als die fünf Minuten abgelaufen waren, ließ er sich eine Laterne bringen und dann kam er damit achteraus und untersuchte die Fesseln jedes einzelnen von uns ganz genau, um sicher zu sein, daß wir uns nicht losmachen konnten. Dann ließ er mehrere Rollen Baumwollenzeug aufschneiden und die Stoffe in der Kajüte umherstreuen, goß Öl, Terpentin und Teer darüber, tat dasselbe vorn im Logis, entleerte ein Faß Teer und eine Blechkanne Terpentin in die Großluke hinab auf die brennbarsten der dort verstauten Waren, ließ den Booten die Bodenplanken ausschlagen und allen Remen über Bord hieven und setzte schließlich das Schiff vorn, achtern und mittschiffs in Brand. Darauf wünschte er uns allen eine recht warme Reise ins Jenseits und ging langsam und gemächlich in sein Boot.

Die Brigg blieb bei uns, bis wir überall ganz und gar in Flammen standen, dann braßte sie voll, segelte davon und überließ uns unserm Schicksal."

„Und wie gelang es Ihnen, trotzalledem mit dem Leben davonzukommen?" fragte ich, nachdem Entsetzen und Zorn mich wieder zu Worte kommen ließen.

„Well, Sir", erwiderte er, „die ‚Ophelia' brannte wie eine Fackel, das werden Sie sich wohl denken können. Kaum waren die Piraten in ihrem Boot, da schossen auch schon die Flammen aus der Kampanjeluke, aus der Logiskappe und der Großluke hervor, und nach einer Viertelstunde brannte die Bark an allen Ecken und Enden. Zum Glück hatte das sich selbst überlassene Fahrzeug sich vor den Wind gelegt, so daß die Flammen nach vorn wehten; aber das Kampanjedeck, auf dem wir lagen, wurde trotzdem bald so heiß, daß wir's nicht mehr ertragen konnten. Wir fingen an, lebendig zu braten und mußten jeden Augenblick gewärtig sein, daß die Planken einbrachen und wir in die feurige Esse unter uns hinabstürzten.

Die körperlichen und geistigen Qualen trieben mich zur Verzweiflung; ich machte eine wütende Anstrengung und es gelang mir, mich auf die andre Seite zu wälzen. Hier gewahrte ich, daß die Hände eines Leidensgefährten kaum zwei Zoll von meinem Gesicht entfernt waren, hinter seinem Rücken gefesselt wie die meinen, und dicht dabei seine mit einer festen Leine umwundenen Knöchel.

Da schoß es mir durch den Kopf, zu versuchen, die Fesseln seiner Hände durchzunagen, gelang mir das, dann war er frei und imstande, seinerseits auch uns andere zu befreien. Ich schrie ihm zu, was ich beabsichtigte, und faßte die fesselnde Leine mit den Zähnen. Ich nagte, was ich nur nagen konnte, galt es doch das Leben. Als ich die hartgedrehte, geteerte Leine zwischen den Zähnen fühlte, da meinte ich, sie niemals durchbeißen zu können, oder wenigstens nicht frühzeitig genug, um uns zu retten. Aber man weiß nie, wessen man fähig ist, ehe man's in bitterem Ernst versucht. Und es gelang mir – schon nach wenigen Minuten hatte ich einen Törn der Leine durchgebissen. Jetzt begann der Mann selber zu ziehen und zu reißen; bald war er frei und nun war es für ihn das Werk weniger Minuten, auch alle übrigen in Freiheit zu setzen.

Jetzt machten wir uns in größter Eile an den Bau des Flosses. Wir brachten nur ein jämmerliches, gebrechliches Ding zustande, aber wir hatten keine Zeit, ein besseres zu zimmern. Und da die Bark um diese Zeit von vorn bis achtern nur noch eine einzige Masse von Glut und Feuer war, so konnten wir auch kein Krümchen Proviant und keinen Tropfen Wasser mit uns auf das Floß nehmen."

„Welch eine satanische Grausamkeit!" rief ich, als Walker seine Erzählung beendet hatte. Und plötzlich drängte sich mir unwillkürlich ein Gedanke auf. „Was für ein Landsmann mag der Anführer der Piraten wohl gewesen sein?" fragte ich. „Vielleicht ein Franzose?"

„Das ist möglich; ich glaube sogar, er war ein Franzose, obgleich er seine Banditen auf Spanisch anredete", antwortete Walker mit einigem Erstaunen. „Wie kommen Sie zu der Frage? Ist Ihnen etwa ein Mann, auf den meine Beschreibung paßt, schon einmal vor den Bug gekommen?"

Ich wich der Beantwortung dieser Frage aus. Walkers Beschreibung des Piratenhäuptlings hatte mich lebhaft an Monsieur Guerlin erinnert, an den ersten Leutnant der französischen Kriegsbrigg „Vampyr", und dies veranlaßte mich zu der Frage nach der Nationalität des Mannes, der die Ophelialeute so unmenschlich behandelt hatte. Damit soll nicht gesagt sein, daß ich auch nur einen Augenblick den Monsieur Guerlin ernstlich mit der scheußlichen Gewalttat, der die Ophelia und ihre Besatzung zum Opfer gefallen war, in Verbindung gebracht hätte. Wir alle, Deutsche wie Engländer, hegten damals keine große Freundschaft für die Franzosen, aber auf den Gedanken, daß ein französisches Kriegsschiff sich einer solchen Untat schuldig gemacht haben könnte, wäre niemand gekommen.

Trotzdem wollte mir das Bild des ersten Leutnants des „Vampyr" in unbestimmter unerklärlicher Verbindung mit dem Untergang der „Ophelia" nicht aus dem Sinn; auch konnte ich mich nicht enthalten, Walker das Äußere und das ganze Wesen Guerlins so genau als möglich zu beschreiben, und – seltsam – ich war keineswegs verwundert, als er mir versicherte, daß dies das getreue Bild des Erzpiraten sei, der ihn und seine Mannschaft den Flammen überliefert hatte. Im Gegenteil, ich wäre enttäuscht gewesen, hätte er sich anders geäußert.

Bei dem Besuch des Franzosen an Bord des „Wolf" war mir dessen Benehmen von Anfang an aufgefallen und bald auch verdächtig erschienen. Jetzt begann ich, in Erwägung zu ziehen, ob ich mich Mr. Austin mitteilen sollte, aber nach langem Überlegen gab ich diese Absicht wieder auf; der Gedanke, auch nur einen Schatten von solch einem furchtbaren Verdacht auf einen französischen Seeoffizier zu werfen, erschien mir zu ungeheuerlich.

Kapitän Vernon war nach der Schilderung Walkers zu der Überzeugung gelangt, daß die Brigg, die die „Ophelia" zerstört hatte, zugleich mit Seeraub auch Sklavenfängerei betrieb; daß sie in aller Wahrscheinlichkeit eins von den drei Fahrzeugen sei, die, nach der Aussage des Kapitäns des „Leopard", von Kuba her auf dem Wege nach dem Kongo waren und jeden Tag hier eintreffen sollten.

Seit der Bergung der schiffbrüchigen Ophelialeute waren vier Tage verstrichen und wir befanden uns auf der Rückfahrt nach der Kongomündung, als der Mann auf dem Ausguck ein Fahrzeug meldete, das vor uns, etwa drei Strich Luwart, in Sicht gekommen war und unter einer wahren Wolk von Segeln auf uns zulief. Unser erster Gedanke war, daß dies die Brigg sei, die den armen Walker so übel mitgespielt hatte und jetzt vielleicht mit einer Ladung Sklaven an Bord aus dem Kongo herauskäme.

Der „Wolf" helt daher etwas ab, um dem Fremden den Weg abzuschneiden, und zugleich erhielt die Mannschaft den Befehl, sich zum Segelsetzen bereit zu halten, wenn jener etwa Miene machen sollte, uns auszuweichen. Dies geschah jedoch nicht. Der fremde Segler kam näher und näher. Zuerst waren von Deck aus nur seine Oberbramsegel sichtbar gewesen; bald stiegen seine Bramsegel über den Horizont herauf, dann die Marssegel, dann die Untersegel, und endlich tauchte das ganze Schiff auf, mit Leesegeln auf beiden Seiten, platt vor dem Winde und augenscheinlich mit außerordentlicher Schnelligkeit daherkommend.

Sämtliche Teleskope richteten sich jetzt auf den Fremden; man sah, wie er Voroberbramsegel und Bramsegel niederfierte, aufgeite, aber nicht festmachte. Darauf flatterte die französische Trikolore vom Flaggenknopf der Vorbramstenge, an der einzigen Stelle, wo sie von uns aus erkannt werden konnte, und nun auf einmal wußten wir, daß wir unsre jüngste Bekanntschaft, den „Vampyr", wieder vor uns hatten.

Als wir nun auch unsre Flagge an der Gaffel heißten, da verschwand die Trikolore und an ihrer Stelle erschien eine Kette von Signalflaggen. Das Signalbuch wurde hervorgeholt und der Antwortwimpel halbmast geheißt. Darauf entzifferten wir das folgende Signal:

„Haben Sie gesichtet –?"

Der Antwortswimpel wurde nun ganz vorgeheißt zum Zeichen, daß wir verstanden hatten. Die Flaggen an Bord des Franzosen wurden niedergeholt und dann zeigte sich ein Signal, das bedeutete:

„Brigg –"

Auch das wurde von uns als verstanden bestätigt und dann ging das Flaggenheißen weiter, bis die ganze Anfrage vollständig vorlag:

„Derselbe Tonnengehalt wie –"

„Wir selber –"

„Rumpf –"

„Gestrichen –"

„Ganz schwarz –"

„Kurs W.N.W.?"

Damit verschwand die letzte Flaggenkette und unmittelbar darauf zeigte sich der Antwortwimpel des „Vampyr" dicht oberhalb der Bramrahe, um anzudeuten, daß sein Signal zu Ende sei und er unsere Antwort erwarte.

Das ganze Signal in freierer Wiedergabe:

„Haben Sie eine Brigg gesichtet, die ebenso groß ist (denselben Tonnengehalt hat) wie wir (der „Vampyr"), deren Rumpf ganz schwarz gemalt war und die westnordwestlichen Kurs steuerte?"

Wir antworteten „Nein" und fragten dann unsrerseits, ob der „Vampyr" von solch einem Fahrzeug etwas gesehen oder gehört habe.

Die französische Kriegsbrigg segelte inzwischen in einer Entfernung von einer halben Seemeile quer vor unserm Buge vorbei; die antwortenden Flaggen erschienen daher an der Piek ihrer Gaffel, während im Vortopp das Oberbramsegel und Bramsegel wieder vorgeschotet und geheißt wurden. Der Bescheid, den wir erhielten, war der folgende:

„Ja. Die fragliche Brigg ist gestern, sechs Stunden vor unsrer Ankunft, mit dreihundert Sklaven an Bord aus dem Kongo gesegelt."

Das Signalisieren wurde damals bei weitem nicht so schnell zustande gebracht wie heutzutage, daher hatten sich während der Zeit, die diese Mitteilung in Anspruch nahm, die Fahrzeuge wieder soweit voneinander entfernt, daß eine weitere Unterhaltung unmöglich war; eine halbe Stunde nach dem Niederholen der letzten Flaggenkette versank das Oberbramsegel des „Vampyr" wieder unter der Kimmungslinie, und wir befanden uns abermals allein auf dem unermeßlichen Ozean.

———

Viertes Kapitel

*Was Kapitän Walker über den „Vampyr" dach-
te. – Die „Pensacola". – Wie der Yankeeschiffer
ausgehorcht wurde. – Ein angeblicher
Jagdausflug.*

Von dem ersten Moment an, wo die Toppen des
„Vampyr" in Sicht gekommen waren, hatte der
Kapitän Walker ein ganz außerordentliches und
geradezu fieberhaftes Interesse für dieses Fahrzeug an den Tag gelegt, in der Hoffnung und dem
Glauben, daß es sich als die Brigg herausstellen
würde, die ihm vor wenigen Tagen erst so
schändlich mitgespielt hatte. Und alle Mann an
Bord hegten die gleiche Hoffnung.

Als sich diese Erwartung jedoch als irrtümlich
erwies, da meinte ich, daß die Aufregung des armen
Mannes sich nun legen würde; allein, das geschah
nicht. Ich mußte ihm mein Teleskop leihen, und
damit stellte er sich an eine offene Stückpforte und
hielt das Rohr unentwegt auf die Brigg gerichtet, bis
ihre Marssegel wieder unter dem Horizont verschwunden waren. Ich hielt mich während der ganzen Zeit in seiner Nähe; seine Unruhe und augen-
scheinliche Verblüffung erschienen mir so auffal-
lend, daß ich mich nicht enthalten konnte, ihn des-
wegen zu befragen.

„Ich will's Ihnen erklären, Mr. Wetter", erwiderte er. „Sie sehen den Kasten da. *Well,* ich möchte

beinahe meine Seele darauf verwetten, daß er und die Seeräuberbrigg auf derselben Helling gestanden haben. Sie sind von ganz gleicher Größe, das schwöre ich, sie sind beide ein Modell und haben bis aufs kleinste dieselbe Takelung. Es ist ja wahr, ich habe das Banditenschiff nur zur Nachtzeit gesehen, aber bei so hellem Mondschein, daß ich alle Einzelheiten an ihm, Bauart, Masten, Rahen, Ausrüstung und alles andre so genau erkennen konnte, wie soeben an dem „Vampyr". Die beiden sind Schwesterschiffe. Sie führen dieselbe Anzahl Geschütze, sogar bis auf die lange Kanone vorn auf der Back. Beider Masten haben dieselbe Neigung nach hinten, beider Rahen dieselbe ungewöhnliche Länge, die Wanten, Pardunen und Stagen stehen in ganz derselben Weise, und die Fallen, Brassen und andere Leinen laufen bei dem einen genauso wie bei dem andern. Der einzige Unterschied zwischen beiden besteht in dem Anstrich und in den Gallionsbildern. Jene Brigg hat einen breiten weißen Gang rund herum und ihr Gallionsbild ist eine vergoldete Fledermaus, die wohl einen Vampyr vorstellen soll; das Banditenfahrzeug war ganz schwarz und hatte als Gallionsbild die Büste einer Negerin, die einen goldenen Reif um den Kopf trägt."

Ich sann eine Weile nach, dann sagte ich:

„Bitte, reichen Sie mir auf einen Augenblick das Glas, – danke."

Der „Vampyr" schickte sich soeben an, quer vor uns vorbeizusegeln und war uns daher so nahe, als dies nur eben anging. Ich richtete den Tubus auf seine Seite, und zwar auf die Großrüst, die sich in dem Bereich des weißen Anstriches, des sogenannten Ganges, befand. Es war augenscheinlich, daß dieses breite Farbenband eine lange Zeit der Einwirkung jeglichen Wetters ausgesetzt gewesen war; denn von den Püttingsbolzen liefen dicke Roststreifen abwärts über die weiße Farbe.

Dann blickte ich nach der vergoldeten Fledermaus am oberen Ende des Vorderstevens. Auch hier zeugte die unansehlich gewordene Vergoldung dafür, daß sich das Bild schon lange an seinem Platze befinden mußte. Mein durch Walkers Bemerkungen wieder lebendig gewordener Verdacht war abermals widerlegt, und dennoch – ganz ausrotten konnte ich ihn nicht.

„Mr. Walker", sagte ich zu diesem, „wenn Sie Ihrer Sache wirklich so gewiß sind, dann wäre es das Beste, Sie redeten mit Kapitän Vernon darüber; das würde uns das Abfangen der Räuberbrigg wesentlich erleichtern. Wir haben jetzt den „Vampyr" zweimal gesehen und ihn so genau betrachtet, daß wir ihn auch aus größter Entfernung wieder erkennen würden. Wenn uns nun eine Brigg in Sicht kommen sollte, die in jeder Beziehung sein Ebenbild ist, ausgenommen Gallionsbild und Anstrich, dann wäre sie der Pirat, der Ihre Ophelia verbrannt hat, und auch dasselbe Fahrzeug, nach dem der „Wolf" jetzt auf der Suche ist."

„Hm – ja – möglich", antwortete Walker zögernd und noch immer in sichtlicher Verblüffung; dann richtete er sich auf, strich mit der Hand übers Gesicht und sagte: „Ich werde gleich jetzt zu Kapitän Vernon gehen."

Und entschlossenen Schrittes ging er achteraus. Wir behielten den bisherigen Kurs bis um acht Glasen (4 Uhr) in der Machmittagswache bei, dann legten wir das Schiff über Backbordhalsen und selten den Kurs auf St. Paul de Loanda. Zwei Tage nach unsrer Begegnung mit dem „Vampyr" liefen wir in die Bucht ein, an deren Gestade die Stadt liegt, und gingen in zehn Faden Wasser zu Anker. Hier verabschiedeten Kapitän Walker und seine Mannschaft sich unter herzlichem Dank von uns und dann wurden sie an Land gesetzt. Unser Kommandant begleitete sie in demselben Boot. Als er am Nachmittag wieder an Bord erschien, war ihm anzusehen, daß ihm etwas schwer auf dem Herzen lag. Wir gingen sogleich wieder Anker auf, setzten alle Segel und steuerten zum Kongo zurück. Kaum hatten wir das Loanda-Riff hinter uns und die offene See erreicht, da ließ der Skipper den ersten und den zweiten Leutnant zu sich in die Kajüte entbieten, wo die drei eine lange Besprechung hatten, von deren Inhalt ich vorläufig nichts erfuhr.

Die frische Brise hielt die ganze Nacht an und der „Wolf" lief eine so schlanke Fahrt, daß wir uns schon am nächsten Morgen gegen acht Uhr wieder bei Padron Point an der Kongomündung befanden.

Hier wurden die oberen Segel weggenommen, das Schiff beigedreht und alle Mann zum Frühstück gepfiffen. Eine halbe Stunde später braßten wir wieder voll, und nur unter Marssegeln, Klüver und Besan und mit je einem Lotmann in den beiden Fockrüsten segelten wir kühn in den Fluß hin. Das war zu jener Zeit ein höchst verwegenes und waghalsiges Unternehmen, da der Kongo damals selbst in seinem untersten Laufe noch ganz unerforscht war; es mußte daher etwas ganz besondres vorliegen, was jedenfalls zu der erwähnten Besprechung der drei Herren in Beziehung stand. So sagte ich mir, und das war auch zutreffend.

Wir liefen einige Seemeilen stromaufwärts, nachdem wir Shark Point bei Niedrigwasser passiert hatten. Bald gewahrten wir in einem der zahlreichen Creeks, an deren Mündungen wir bei unsrer Bootfahrt vorübergekommen waren, eine Bark, die, vom Mangrovenwald halb versteckt, daselbst vor Anker lag. Wir steuerten in den Wasserlauf hinein und ließen unweit der Bark, die ein Amerikaner zu sein schien, in sechs Faden Wasser ebenfalls den Anker fallen, machten die Segel fest und klarten das Deck auf. Dann befahl der Kapitän, den ersten Kutter klarzumachen, und rief, während dies geschah, den zweiten Leutnant, Mr. Langfeld, der wie ich ehemals der unseligen deutschen Reichsmarine angehört hatte, zu sich in die Kajüte.

Die Konferenz war nur kurz, und als Leutnant Langfeld wieder an Deck kam, hieß er mich meinen Dirk oder Dolch umschnallen, da ich ihn an Bord der Bark begleiten sollte.

Soeben wollten wir über das Fallreep hinunter in den Kutter gehen, da kam der Skipper aus der Kajüte und rief dem Leutnant zu:

„Also wie ich Ihnen sagte, Mr. Langfeld – provozieren Sie den Mann nicht. Ist er ein Yankee, woran ich kaum zweifle, dann müssen wir die Hände von ihm lassen, und wenn er auch den ganzen Raum voll von Schwarzen hätte. Behandeln Sie ihn so höflich wie Sie können, aber horchen Sie ihn aus, hören Sie? Horchen Sie ihn aus."

„Soll geschehen, Sir, ich werde ihm achter den Ohren kraueln, bis er schnurrt wie ein Kater", antwortete der Leutnant lachend.

Nach wenigen Minuten legten wir langseit der Bark an; Langfeld und ich kletterten an Deck und wurden hier von einem hageren Manne empfangen, der einen nichts weniger als sauberen Anzug von weißem Baumwollenstoff und einen stark beschädigten breitrandigen Panamahut trug.

„Morgen, Gentlemen", entgegnete er auf unsre Begrüßung, „mächtig warm heut, was?"

„Mächtig", bestätigte der Leutnant liebenswürdig, „aber wie ich sehe, verstehen Sie es, sich die Wärme erträglich zu machen."

Dabei deutete er auf das ausgespannte Sonnenzelt über sich.

„Ihre Bark ist die „Pensacola" aus Neworleans, wie ich am Heck gelesen habe", fuhr er fort. „Ich bin an Bord gekommen, um einen Blick in Ihre Papiere zu werfen, nur der Formalität wegen. Ich hoffe, Sie werden nichts dagegen haben."

„Nicht das geringste, Fremder", antwortete der andre in dem näselnden Ton des echten Yankees. „Besehen Sie sich die Papiere meinetwegen von vorn und von hinten, wie Sie wollen. Sie müssen sich dazu freilich in die Kajüte runter bemühen."

Damit ging er voran die Kampanjetreppe hinunter; wir folgten ihm und nahmen auf dem bequem gepolsterten Sitzkasten der großen, luftigen und fein eingerichteten Kajüte Platz.

Auf ein Glockenzeichen des Yankees erschien ein schwarzer Steward aus der nahen Pantry. Unser Gastfreund brachte die hohle Rechte an seinen Mund und erhob zugleich drei Finger der Linken. Der Schwarze nickte grinsend, verschwand und kam gleich darauf mit einer Flasche Rum, drei Gläsern und einem irdenen, porösen Krug voll Wasser, „*water-monkey*" genannt, zurück.

„Bedienen Sie sich, Gentlenten", sagte der Schiffer und schob uns die Flasche und den Krug, der eine sehr fragwürdig aussehende Flüssigkeit enthielt, über den Tisch zu. „Wein habe ich nicht an Bord, der Rum aber ist guter alter Jamaika und das Wasser echter Mississippi – feine Mischung, sag ich Ihnen. Oder vielleicht trinken Sie den Rum nackte wie ich."

Damit goß er sich einen Tumbler (Wasserglas) voll Rum und stürzte das Feuerwasser in seine Kehle hinab, uns zu zeigen, wie man Rum „nackt" trinkt.

Während wir uns mit der feinen Mischung von Jamaika und Mississippi begnügten, holte er die Papiere herbei, die Leutnant Langfeld in bester Ordnung fand. Dann ging es an das Aushorchen des Yankees.

„Ob hier Sklavenfahrzeuge im Flusse sind, das müssen Sie selbst herausfinden, Fremder", sagte der letztere auf eine Frage Langfelds. „Ich betreibe hier meine Geschäfte, und Sie betreiben die Ihrigen; Sie können mir nichts anhaben, und ich will Ihnen nichts in den Weg legen. Wären Sie fünf Tage früher hier gewesen, dann – ich kann's Ihnen jetzt ja sagen –, dann hätten Sie die „Black Queen" (Schwarze Königin) abfangen können, das fixeste Sklavenfahrzeug, das jemals diesen Teil unsrer Erdoberfläche aufgesucht hat."

„Was Sie sagen!" rief Langfeld in hellem Eifer. „Was für ein Fahrzeug ist das?"

„*Well,* es ist eine Brigg" – ich spitzte die Ohren, Langfeld jedenfalls auch – „eine Brigg von dreihundert Tonnen; lang, niedrig, hat vierzehn Breitseitkanonen und einen langen Tom auf der Back. Masten achteraus getoppt und mächtig breite Leinwand. Sie ist das schnellste Schiff der Schöpfung. Rechne, Ihre Korvette kann auch Beine machen, sie ist aber bloß 'ne Schlammkröte gegen die „Black Queen".

„Wie ist dieser Ausbund von Schnellsegler gestrichen?" fragte der Leutnant. „Ist er ganz schwarz oder schmückt er sich manchmal mit einem weißen Band?"

– Aha, dachte ich, mein Verdacht wird also auch von andern Leuten geteilt, was Walker dem Skipper mitgeteilt hat, scheint doch Frucht zu tragen –.

„*Well*", erwiderte der Yankee mit pfiffigem Augenzwinkern, „als die Brigg von hier wegsegelte, da war sie schwarz bis runter auf die Bekupferung. Das will aber nichts sagen; rechne, ihr Skipper ist in allerlei Kniffen und Tricks nicht unbewandert."

„Sie meinen also, daß er den Anstrich des Fahrzeugs draußen auf See verändert haben könnte?" fragte Langfeld.

„Könnte sein – könnte auch nicht sein", war die vorsichtige Antwort.

„Hm", machte der Leutnant nachdenklich. Dann kam ihm ein Gedanke. „Haben Sie kürzlich ein Kriegsschiff hier im Flusse gesehen?"

Ich konnte dem Yankee ansehen, daß er den guten Leutnant durchschaute, als wäre der von Glas.

„*Well*", näselte er, „da wir darauf zu sprechen kommen – vor ein paar Tagen war allerdings ein Kriegsschiff hier. Eine Brigg unter französischer Flagge. Nannte sich ‚Vampyr'".

„Ah!" rief Langfeld. „Schickte sie ihnen einen Offizier an Bord?"

„*You bet* (darauf können Sie wetten)!" sagte der Yankee mit eigentümlichem Gesichtsausdruck.

„Wie sah der „Vampyr" aus?" forschte mein Leutnant weiter.

„Er war der „Black Queen" so ähnlich wie ein Ei dem andern", antwortete der Schiffer mit innerlichem Vergnügen.

„Und wie war sein Anstrich?"

„Ja, Fremder, das kann ich Ihnen nicht sagen."

Das kam unerwartet.

„Aber Sie sagten doch, daß Sie ihn gesehen hätten!" rief Leutnant Langfeld auffahrend.

„So? Das soll ich gesagt haben? Das ist ganz unmöglich, Fremder. Rechne, ich war an Land, als

58

die Franzosen an Bord der „Pensacola" kamen. Ich weiß nur, was mein Steuermann mir erzählt hat."

„Ihr Steuermann? Wo ist er – rufen Sie ihn! Ich muß ihn sprechen!" verlangte der Leutnant hastig.

„Das können Sie. Er ist gegenwärtig an Land. Sie brauchen bloß fünf Seemeilen stromaufwärts zu rojen, dann werden Sie ihn wohl irgendwo finden."

„Danke!" entgegnete Langfeld. „So viel Zeit habe ich nicht. Aber vielleicht können Sie mir noch sagen, welche von den beiden Briggen – der „Vampyr" oder die „Black Queen" – zuerst in See gegangen ist."

„*Well,* Fremder, ich möchte Ihnen gern dienstbar sein, wahrhaftig, wenn ich irgend könnte", antwortete der Yankee treuherzig; „aber, Sie dürfen mich mit einem Koffeenagel, oder mit einer Handspak, oder womit Sie sonst wollen – ja, Sie dürfen mich totschlagen, wenn ich mich entsinnen kann, wer von beiden zuerst ausgelaufen ist."

Der Kerl log, ich konnte es ihm ansehen, und Langfeld wußte es auch; natürlich durften wir ihm das nicht ins Gesicht sagen. Der Leutnant bedankte sich höflich für die erhaltene Information, dann verließen wir die Bark.

An Bord des „Wolf" zurückgekehrt, stattete der Leutnant dem Skipper seinen Bericht ab, dem sogleich eine Konferenz folgte, an der auch der erste Leutnant teilnahm. Nach ihrer Beendigung wurde des Kapitäns Gig klargepfiffen.

Da mußte etwas Ungewöhnliches im Gange sein. Mein Argwohn erhielt neue Nahrung. Da die „Pensacola" der in die Augen fallendste Gegenstand in der Landschaft war, so hatte ich während meines Auf- und Abschreitens an Deck keinen Blick von ihr verwandt. Sie hatte, als wir so dicht bei ihr zu Anker gingen, keine Flagge wehen, jetzt aber sah ich ihren Schiffer achteraus gehen und die „Sterne und Streifen" an der Gaffel heißen. Das verwunderte mich nicht; als er aber jetzt im Großtopp noch eine rote gespaltene Flagge heißte, da verwunderte mich das doch ein wenig.

Das war ein Signal; aber wem galt es?

Etwa dem abwesenden Steuermann? Oder sollten da etwa noch andere Fahrzeuge in den umwaldeten Creeks der Nachbarschaft verborgen liegen?

Als daher der zweite Leutnant wieder an Deck erschien, machte ich ihn auf die verdächtige rote Flagge aufmerksam und teilte ihm meine Mutmaßungen mit.

„Ich danke Ihnen, lieber Wetter", sagte er. „Auch ich bin überzeugt, daß das ein Signal für irgendjemand sein soll, für wen aber, das können wir nicht wissen, auch paßt es gegenwärtig nicht in unsern Kram, davon Notiz zu nehmen. Können Sie gut schießen?"

„So ziemlich", antwortete ich. „Ich fehle nur selten einen Vogel im Fluge – wenn er nicht zu weit ab ist, natürlich."

„Gut. Ich will Ihnen eine Flinte leihen, stecken Sie Ihre Pistolen zu sich und halten Sie sich bereit, mit in die Gig zu gehen. Wir wollen einen Jagdausflug machen."

Er sagte die letzten Worte mit einem halben Lächeln, woraus ich entnahm, daß die Fahrt nicht einer Jagdpartie, sondern etwas Ernsterem galt.

Als ich meine Vorbereitungen getroffen hatte und wieder an Deck kam, standen Kapitän Vernon und Leutnant Langfeld an der Reling und machten sich unter den Augen des amerikanischen Schiffers recht auffällig mit ihren Flintenschlössern zu schaffen, ließen die Hähne schnappen, probierten Zündhütchen usw. Der Steward brachte einen großen, mit schneeweißem Leinen bedeckten Proviantkorb herbei und gab ihn in die Gig hinab, wobei er der Bootsmannschaft überlaut zurief, ja recht vorsichtig damit umzugehen. Als der kostbare Korb sorgfältig in den Sternschoten verstaut war, stieg ich zuerst hinunter, Leutnant Langfeld folgte und der letzte war der Kapitän. Das Lugsegel wurde gesetzt und dann gings mit der steifen Seebrise stromaufwärts, wobei uns der Yankee beobachtete, solange wir ihn sehen konnten.

Kaum waren wir eine viertel Seemeile gesegelt, da kam ein stolzer Kranich quer über den Fluß gestrichen, den Kopf zwischen den Schultern und die langen Beine achteraus gestreckt; mit den langsam schlagenden Schwingen berührte er beinahe den Wasserspiegel.

„Das ist ein Schuß für Sie, Wetter!" rief der Leutnant. „Solange wir unter dem Teleskop des Yankees sind, ist alles Fisch, was in unser Netz kommt. Los also!"

Ich erhob die Flinte, drückte ab, und mit zerschossenem Flügel fiel der Kranich ins Wasser.

„Nicht übel, Mr. Wetter", sagte der Kapitän, und dann zu dem Bootssteurer gewendet: „Sammelt den Vogel auf, Thomsen, und nehmt ihn ins Boot."

Dies geschah. Bald darauf richteten wir den Kurs auf ein acht Seemeilen entferntes, am jenseitigen Ufer gelegenes bewaldetes Vorland, das wir, da Wind und Flutströmung mit uns waren, auch schon nach etwa einer Stunde erreichten. Hier ergoß sich ein etwa eine Kabellänge breiter Wasserlauf in den Hauptstrom; wir liefen hinein, nahmen Mast und Segel weg und rojten langsam weiter, bis zu einem schmalen Seitencreek. Hier fanden wir, fünfzig Meter aufwärts, ein gutes Versteck und legten das Boot an einer Mangrovenwurzel fest.

Fünftes Kapitel

Ausguck vom Wipfel eines Waldriesen. – „Was gibt's neues da oben?" – Die drei Raubschiffe. – Eine Lektion in der Vermessungskunde. – „Sie wissen Ihren deutschen Dickkopf in der rechten Weise zu verwenden".

Die Gigmannschaft erhielt den Befehl, das Fahrzeug unter keinen Umständen zu verlassen und bereit zu sein, in jedem Augenblick davonzurojen, wenn wir zu einem eiligen Rückzug gezwungen werden sollten. Dann begaben der Kapitän und Leutnant Langfeld sich an Land, und ich hatte sie zu begleiten.

Das Ufer war halbflüssiger Schlamm, aus dem sich ein Mangrovenwald erhob. Wir waren gezwungen, hundert Schritt weit von Wurzel zu Wurzel zu springen und zu klettern, ehe wir festen Boden unter die Füße bekamen. Unmittelbar an den Mangrovengürtel schloß sich der eigentliche Wald, der des Unterholzes und der Schlingpflanzen wegen so dicht war, daß wir nur mit großer Mühe vorwärts kommen konnten. Der Kurs, den wir nach des Kapitäns Taschenkompaß innezuhalten hatten, war Südsüdwest; es kostete uns zwei Stunden, um eine Strecke von kaum zwei Seemeilen zurückzulegen, und als wir dies vollbracht hatten, da sahen wir uns wieder an dem aus stinkendem Schlamm und Mangroven bestehenden

Gestade eines etwa eine Kabellänge breiten Creeks, den der Kapitän für denselben erklärte, in dem unser Boot lag.

„Ich denke", sagte der Skipper zu Leutnant Langfeld, „daß dies der Creek ist, den man uns bezeichnet hat, aber gewiß bin ich meiner Sache nicht. Es wäre bequemer gewesen, die Suche an Bord der Gig vorzunehmen, dabei aber hätten wir uns der Gefahr ausgesetzt, unversehens auf die Halunken zu stoßen und sie aufzustören. Außerdem hätten die aufgestellten Posten das Boot sicher entdeckt. Wenn hier herum wirklich Fahrzeuge liegen, dann haben sie auch Kenntnis von der Anwesenheit des „Wolf" im Kongo, das schließe ich aus dem verdächtigen Benehmen des Yankeeschiffers. Hoffentlich glauben sie an unsern „Jagdausflug". Wir müssen versuchen, sie in Sicht zu bekommen, ohne selbst entdeckt zu werden."

„Dadurch würde diese vertrackte Buschkriecherei reichlich aufgewogen", bemerkte Langfeld. „Es sollte mich nicht wundern, wenn wir uns noch verirrten. Dort stehen einige mächtig hohe Bäume, von deren Toppen man sicherlich weit über Land und Wasser sehen kann. Ich schlage vor, Mr. Wetter entert auf einen hinauf und berichtet uns, was von dort oben in Sicht ist."

„Eine gute Idee", sagte der Kapitän. „Vorwärts, Mr. Wetter, zeigen Sie uns, daß Sie nicht bloß Masten, sondern auch Bäume erklettern können."

„Zu Befehl, Sir", antwortete ich, „aber –" hier musterte ich die gewaltigen, riesig hohen und glatten, astlosen Stämme der Waldriesen – „aber wo sind da die Wanten und Webeleinen?"

„Wanten und Webeleinen?" lachte der Skipper. „Für einen fixen jungen Kerl muß es doch eine Kleinigkeit sein, an solch einer Spiere aufzuentern."

Wir gingen an die Bäume heran, und da stellte es sich heraus, daß der höchste von ihnen volle fünfzehn Fuß Umfang hatte und erst in einer Höhe von sechzig Fuß die ersten Zweige hervorstreckte. Selbst ein Affe hätte an dieser glatten Rinde keinen Halt gefunden.

Mein Landsmann, Leutnant Langfeld, aber wußte Rat. Er schnitt ein langes Stück von einer blattlosen Liane ab und drehte davon einen weiten Grummetstropp rund um den Stamm, legte mir die Bucht über die Schultern und zeigte mir, wie man mit Hilfe eines solchen Stropps Bäume ersteigt.

Seinen Anweisungen folgend, brachte ich den Stropp unter meine Arme und schob den andern Teil so hoch als möglich den Stamm hinauf. Dann lehnte ich mich mit meinem ganzen Gewicht in den Stropp zurück, stemmte die Knie gegen den Stamm und arbeitete mich so etwa zwei Fuß aufwärts. Darauf stemmte ich die Füße fest an den Baum, schob den Stropp mit schnellem Ruck weiter hinauf und arbeitete mich abermals mit den

Knieen empor. Das ging ganz gut, und wenn auch meine Kniescheiben, und noch mehr meine Hosen, durch mehrmaliges Abrutschen hart mitgenommen wurden, so hatte ich den Trick doch sehr bald weg und erreichte in kurzer Zeit die unteren Äste und dann auch den obersten Wipfel.

Hier bot sich mir ein weiter Rundblick über den ganzen Wald, über Teile des Stromes, über entfernte grüne Ebenen bis zur Küste und über die See dar. In der klaren Atmosphäre erkannte ich auch die Bramstengen des „Wolf" und der „Pensacola", sogar den Wimpel der Korvette sah ich in der trägen Brise gelegentlich auswehen. Links davon lag die Kongomündung; deutlich konnte ich die rippelnde Linie erkennen, wo Flußwasser und Salzwasser sich begegneten.

Zu meinen Füßen zog sich der Wasserlauf hin, in dem unser Boot lag. Er teilte sich in einiger Entfernung in zwei Arme und erweiterte sich hier zu einem Becken, das ungefähr eine Seemeile breit war. Und in diesem Hafen, verborgen vor den Blicken aller, die etwa den Kongo hinauf- oder hinabfuhren, lagen drei Fahrzeuge: eine Brigg, eine Brigantine und ein Schoner; allen dreien war ganz deutlich anzusehen, daß sie zu dem Räuber- und Banditengelichter gehörten, dem das Handwerk zu legen unsre Aufgabe war. Auf einer ausgeholzten Lichtung des Waldes, dicht am Ufer, stand eine große Baracke, vor der ich mit meinem

Glase einen Haufen Schwarzer wahrnehmen konnte, die man offenbar soeben an Bord eines der
Fahrzeuge zu bringen im Begriff war.

Ein Anruf von unten erinnerte mich, daß da
noch andere Leute waren, die ein Interesse an
meiner Entdeckung hatten.

„*Well,* Mr. Wetter", tönte des Kapitäns Stimme
herauf, „was gibt's neues da oben? Etwas Bemer-
kenswertes in Sicht?"

„Jawohl, Sir", antwortete ich. „Dort weiter hinauf liegen drei Fahrzeuge, die soeben dabei sind,
Sklaven an Bord zu nehmen."

„Den Teufel tun sie!" rief der Skipper. „Was
halten Sie für das Beste – sollen wir hinaufkom-
men zu Ihnen oder uns durch den Wald nach dem
Orte schleichen?"

„Das Einfachste ist, Sie kommen herauf", riet
ich. „Sie sind in fünf Minuten hier oben, während
der Weg durch den Wald uns mindestens zwei
Stunden kosten würde."

„*All right,* entern wir also auf!" rief der Kapitän
lustig. „Vorwärts, Leutnant Langfeld!"

Im Handumdrehen hatten sie sich ein paar
Grummetstroppen verfertigt und bald darauf langten
sie außer Atem und mit arg zerrissenen Hosen oben
bei mir an.

„Die Schurken haben's eilig", sagte Kapitän
Vernon, den Tubus vorm Auge. „Sie haben Wind
von unsrer Anwesenheit im Flusse und wollen sich

nun heut Abend, sobald der Nebel sich gesenkt hat, unbemerkt an uns vorbeischleichen. Die kennen jeden Zollbreit des Wassers und würden mit verbundenen Augen den Weg nach See zu finden."

„Ohne Zweifel, Sir", antwortete Langfeld. „Aber Hochwasser ist erst morgen früh zwei Uhr; sie werden sich daher jedenfalls erst eine Stunde nach Mitternacht auf die Fahrt machen."

„Sie haben Recht, Mr. Langfeld. Wir müssen rechtzeitig dafür sorgen, daß die Boote klar sind. Man kann nie wissen, wie und wo man an die Halunken herankommen kann, denn sie sind so schlau wie die Füchse. Merken Sie sich die Stellung ganz genau, denn Sie sollen heut Nacht den Angriff leiten."

„Danke Ihnen, Sir", erwiderte der Leutnant vergnügt; dann setzte er sich rittling bequem auf seinen Ast, holte Papier und Bleistift hervor und begann eine sorgfältige Skizze der Flußmündung, der verschiedenen Wasserläufe und der Stelle aufzunehmen, an der die Sklavenfahrzeuge lagen, alle Richtungen nach dem Kompaß genau bestimmend.

Der Kapitän erstaunte, als der Leutnant ihm die fertige Skizze zeigte.

„Meisterhaft!" sagte er. „Sie kommen aus einer guten Schule. Das brächten viele von uns auf ihrem Tisch und mit Zirkel und Lineal nicht fertig."

Der Aufstieg war leichter gewesen, als der Abstieg; aber wir schafften's ohne Unfall. Nach einem langen und beschwerlichen Weg durch den beinahe undurchdringlichen Wald erreichten wir glücklich wieder unsre Gig, gerade als der Sonne letzte Strahlen die Wipfel der Bäume vergoldeten. Die Tide hatte gewechselt, wir hatten daher die günstigste Ebbströmung mit uns, da die Ebbe bei ihrem Beginn stets am stärksten läuft. Als wir an Bord der Korvette wieder anlangten, stiegen die ersten schwachen Nebelstreifen vom Flusse auf.

Ich fühlte mich nicht wenig stolz und gehoben, als der Kapitän neben Mr. Langfeld auch mich zum „*dinner*" einlud. Wir verneigten uns dankend, und dann faßte ich Mut, einen Wunsch auszusprechen, der mir während der ganzen Rückfahrt auf der Seele gebrannt hatte.

„Sie ehren mich hoch, Sir", sagte ich, „aber ich hoffe inständigst, daß ich dadurch nicht verhindert werde, an der Bootexpedition teilzunehmen."

„Hoho!" lachte der Skipper, „also das war's? Ich habe Ihnen schon lange angesehen, daß Sie was auf dem Herzen hatten. *Well,* ich weiß kaum, was ich Ihnen antworten soll, Mr. Werter. Die Expedition wird eher alles andre sein, als ein Kinderspiel. Freilich, Sie sind ein großer, strammer Bursche – meinetwegen denn, ich gebe Ihnen die Erlaubnis. Aber nun sputen Sie sich mit dem Wechseln Ihrer havarierten Takelung, wir essen in zehn Minuten.

Seelenfroh sprang ich davon, um meine durch das Baumklettern und die Dornen und Stacheln des Walddickichts in den traurigsten Zustand versetzten Kleider mit meiner besten Uniform zu vertauschen.

Die Unterhaltung bei Tische drehte sich nur um die bevorstehende Unternehmung gegen die Sklavenschiffe. Mr. Austin, der erste Leutnant, war anfänglich verstimmt darüber, daß er die Führung des Zuges nicht übernehmen sollte; er tröstete sich aber ein wenig, als Kapitän Vernon ihm sagte, daß jene Fahrzeuge, wenn sie sich von den Booten angegriffen sähen, wahrscheinlich in aller Eile ihre Kabel schlippen und aus dem Flusse zu entweichen suchen würden, und daß in diesem Falle die an Bord der Korvette Zurückgebliebenen den Hauptanteil an dem Spaß haben würden.

Das Mahl war zu Ende. Mr. Langfeld und ich erhoben uns, verneigten uns und verließen die Kajüte.

Der Nebel war so dick, daß man von einem Ende des Schiffes kaum bis zum andern sehen konnte.

„Wie ich erwartet hatte", sagte Leutnant Langfeld. „Wie können wir in solchem Wetter den Creek finden, Freund Wetter?"

Ich blickte um mich.

„Ja, Herr Leutnant", antwortete ich, „davon habe ich allerdings nicht die geringste Idee. Ich denke, wir werden die Fahrt aufschieben müssen, bis es wieder ein wenig aufgeklärt ist."

„Nein, mein Junge, davon kann keine Rede sein, wenigstens, soweit ich ein Wort zu sagen habe", entgegnete Langfeld sehr energisch. „Es ist ja verdammt dick von Daak (Nebel), und wenn wir von unserem Kurse abkommen, dann sind wir verloren, das ist sicher. Wo, denken Sie, daß der Creek liegt?"

„Ungefähr in der Richtung", antwortete ich und wies über das Steuerbordquarter.

„Da sind Sie im dicken Irrtum", sagte Langfeld, auf den Kompaß blickend. „Die Strömung läßt nach, die Landbrise aber frischt auf; das Schiff ist daher nach Osten geschwojt und die Richtung, die Sie angaben, geht geradezu nach See. Wenn Sie etwas lernen wollen, was später einmal von großem Wert für Sie sein wird, dann begleiten Sie mich unter Deck zum Master; wir beide werden Ihnen klarmachen, wie jener Creek im Nebel zu finden ist."

Master wurde damals der Offizier genannt, dessen Funktionen jenen unsrer heutigen Navigationsoffiziere entsprachen.

„Dafür werde ich Ihnen Dank wissen", erwiderte ich. „Aber Sie wissen ja nicht einmal die Kompaßrichtung des Creeks."

„Nein", sagte er, „aber wir werden sie bald gefunden haben."

Wir stiegen zur Kajüte des Masters hinunter und fanden diesen in Hemdärmeln und die Pfeife im

Munde über eine Karte der Küste gebeugt, auf der vom Kongo nur das Mündungsgebiet angegeben war; der innere Lauf des Flusses war durch punktierte Linien angedeutet, da er zu jener Zeit noch von niemand erkundet worden war.

„Guten Abend, Gentlemen", begrüßte er uns beim Eintreten. „Well, Mr. Langfeld, Sie sollen also die Attacke auf die Sklavenfänger kommandieren, wie ich gehört habe. So ist's recht – Germans always to the front, dazu seid ihr verteufelten Draufgänger ja da."

„Das soll hoffentlich ein Kompliment sein", entgegnete Langfeld, sein scharfes blaues Auge auf den graubärtigen Engländer heftend.

„Selbstverständlich", nickte dieser, „was sonst? Übrigens wußte ich, daß Sie vorher noch zu mir kommen würden."

„*All right*", sagte der zweite Leutnant. „Jetzt aber sagen Sie mir, Perkins, wo liegt der „Wolf" hier auf der Karte?"

„Der liegt hier", antwortete der Master, setzte die Spitze seines Bleistiftes sorgfältig auf das Papier und drehte sie zwischen den Fingern, um einen sichtbaren Punkt hervorzubringen.

„*Very good*", sagte Langfeld. „Jetzt aufgepaßt, Mr. Wetter, Ihre Lektion beginnt."

Er zog die Kartenskizze hervor, die er am Nachmittag auf dem Wipfel des Baumes entworfen hatte, und legte sie auf den Tisch.

„Aus dieser Skizze werden Sie ersehen", so fuhr er fort, „daß der „Wolf" genau Nordnordwest von dem Baum lag, nicht wahr?"

„Jawohl", sagte ich.

„Schön", sagte er. „Mr. Perkins, seien Sie so gut und ziehen Sie eine Linie von dem Punkt, der den „Wolf" bedeutet, nach Südsüdwest."

Der Master nahm sein Parallel-Lineal und zog die Linie. Dann fuhr Langfeld fort:

„Soweit gut. Aus meiner Skizze geht hervor, daß das äußerste Ende von Shark Point Nordwest 1/4 West von dem Baum liegt. Tragen Sie das ein, bitte, Mr. Perkins."

Der Master tat dies.

„*Very good.* Hieraus ergibt sich, daß dort, wo die beiden Linien sich schneiden, der Baum stehen muß. Aber um ganz sicher zu gehen, machte ich noch eine dritte Peilung von dem Baum nach der Landspitze vor der Mündung des Banana Creek, und diese peilte Nordwest bei Nord; mithin peilt der Baum von dort aus Südost bei Ost. Tragen Sie auch das ein, Perkins, bitte."

Dies geschah; alle drei Linien trafen einander in demselben Punkt.

„Famos!" rief Langfeld vergnügt. „Wir haben jetzt also die genaue Position des Baumes. Nun weiter. Die Sklavenflottille liegt Nordwest 1/4 West von dem Baum; die westliche Mündung des Creeks, in den wir nachher zur Attacke einlaufen werden, peilt genau Nordwest von dem Baum. Diese beiden Peilungen tragen wir auch in die Karte ein – so. Die Sklavenflottille und die Mündung des Creeks liegen also irgendwo auf diesen beiden Linien; es fragt sich jetzt bloß noch – wo? Ich will Ihnen zeigen, wie ich diese Frage beantwortet habe. Holen Sie mir mein Teleskop, das in meiner Kammer am Schott hängt."

Brennend vor Interesse eilte ich davon und kam sogleich wieder mit dem Tubus zurück; das Glas war nicht groß, aber von hervorragender Schärfe, *„made in Germany"* natürlich.

Langfeld zog es aus und zeigte mir eine lange Reihe kleiner nummerierter Striche auf dem polierten Messingrohr.

„Da Sie es nicht wissen können, was es mit diesen Strichen für eine Bewandtnis hat, so will ich es Ihnen erklären. Ehe ich in die deutsche Reichsmarine eintrat, diente ich in der holländischen Marine und war zwei Jahre auf einem Vermessungsschiff in den ostindischen Gewässern. Die Vermessungsarbeit besteht größtenteils im Messen von Winkeln und Linien. Die Winkel findet man mit Hilfe des Kompasses, aber die Messung der Linien verursachte mir zuerst viel Mühe und Kopfzerbrechen. Wo es angängig ist, tut ja die Meßkarte die besten Dienste, aber das Arbeiten mit ihr ist umständlich und zeitraubend. Nach und nach gelang es mir, ein andres Verfahren auszutüfteln. Ich übte mich im

Distanzschätzen nach Augenmaß und gelangte nach unablässiger Übung zu einer großen Fertigkeit und Sicherheit darin.

„Ich möchte Ihnen und allen andern jungen Seeoffizieren raten, dasselbe zu tun; Sie glauben gar nicht, wie viel Nutzen Sie daraus ziehen können. Aber die Zeit kam bald, wo ich auch hiermit nicht mehr zufrieden war. Ich erstrebte eine Methode, die eine gleiche Schnelligkeit, aber eine noch größere Sicherheit gewährleistete.

„Lange grübelte ich darüber nach und kam endlich auf die Idee, das Teleskop dabei zu verwenden. Und zwar auf folgende Weise. Wenn Sie durch Ihr Teleskop einen Gegenstand betrachten, der eine halbe Seemeile entfernt ist, und darauf das Rohr auf einen andern, vier Seemeilen entfernten Gegenstand richten, dann müssen Sie, um diesen zweiten Gegenstand so deutlich sehen zu können wie den ersten, den Fokus durch Verschiebung der Rohrteile entsprechend ändern. Diese Tatsache machte ich mir dienstbar. Ich kaufte mir ein neues Teleskop, klein, handlich, aber von bester Qualität. Es hat mich einen Haufen Geld gekostet. Damit fing ich meine Versuche an. Ich richtete das Glas auf Gegenstände, deren Entfernungen mir genau bekannt waren. Ich stellte das Rohr sorgfältig ein und kratzte einen Strich auf das Metall, als Merkzeichen, wie weit das Rohr ausgezogen werden mußte, um den Gegenstand klar und deutlich zu erkennen, und dann grub ich auch noch die Distanz bei dem Strich ein."

Er hielt mir das Rohr hin.

„Sehen Sie", fuhr er fort, „ich habe hier eine ganze Skala von Distanzen, von zweihundert Fuß aufwärts bis zu zehn Seemeilen. Und diese Notierungen kosten mich einen ganz gewaltigen Aufwand von Zeit und Arbeit. Aber den sind sie auch wert.

„Zum Beispiel, ich will die Entfernung eines Gegenstandes feststellen. Ich richte das Teleskop auf ihn und finde, daß ich das Ding am klarsten sehen kann, wenn das Rohr soweit" – er zeigte mir die Stelle – „ausgezogen ist. Dann sehe ich auf meine Skala und weiß nun, daß das Objekt fünftausend und fünfhundert Fuß, also etwas weniger als eine Seemeile entfernt ist. So kann ich in wenigen Minuten verschiedene Distanzen messen, wie ich es auch heut Nachmittag getan habe. Und mit hinreichender Genauigkeit.

„Nun zurück zu unsrer Expedition. Mein Teleskop sagte mir, daß die Sklavenflottille beinahe genau drei Seemeilen von dem Baume entfernt ankert, und die westliche Mündung des Creek vier und drei Viertelmeilen von demselben Punkte entfernt ist. Wir brauchen jetzt nur diese beiden Distanzen auf den beiden Kompaßpeilungen, die wir zuletzt in die Karte hier eintrugen, anzumerken" – er tat dies, während er redete – „und haben nun die Position der Fahrzeuge und der Creekmündung; mit Hilfe von Mr. Perkins' Parallel-Lineal stellen wir nun auch noch fest, wie die Mündung vom „Wolf" aus peilt. Da haben wir's – Südost bei Ost. Schließlich messen wir noch diese Entfernung – genau acht Seemeilen. So haben also meine Messungen von dem Baumwipfel aus uns Kurs und Distanz von der Korvette nach einem Punkt gegeben, den wir sonst hätten suchen müssen und in dem undurchdringlichen Daak, der den Fluß bedeckt, kaum gefunden hätten."

„Das ist richtig", sagte der Master. „Ich bewundre Sie übrigens, Langfeld; wahrhaftig, Sie wissen Ihren deutschen Dickkopf in der rechten Weise zu verwenden. Von solchen Offizieren könnten wir noch mehr gebrauchen."

„Sachte, Perkins", entgegnete der zweite Leutnant, „stürzen Sie sich nicht in Unkosten."

Ich schickte mich an, ihm für die wertvolle Lektion zu danken, kam aber nicht dazu, da er plötzlich hastig nach seiner Uhr griff.

„Donnerwetter!" rief er, „ein Viertel auf zehn! Und um halb zehn soll's losgehen! Vorwärts, Wetter, machen Sie sich fertig! Ziehen Sie Ihr schlechtestes Zeug an und nehmen Sie aber Ihre Piejack mit, in dem Nebel werden Sie sie brauchen können. Bringen Sie die Pistolen mit, den Dolch lassen Sie hier, stattdessen lassen Sie sich einen Säbel geben. Los!"

Ich stürmte davon und erschien fix und fertig an Deck gerade in dem Augenblick, wo die Musterung der Bootmannschaften beendet war und diese in die Boote hinunterpolterten.

———————

Sechstes Kapitel

Die Bootsexpedition. – Die Stimmen der Nacht. –
Ein Schreck. – „Wer hat da gesprochen?" – Das
Kanu. – Todesgedanken. – „Wir sind also
entdeckt!" – Der Angriff. – Abgeschlagen! –
Abermals vorwärts! – Hartnäckiger Kampf und
nichtswürdige Grausamkeit. – „Das ertrage ich
nicht länger!" – Ein schrecklicher Anblick. – Der
Schoner sinkt. – Die Brigg fliegt in die Luft.

Die Bootflottille bestand aus der Barkasse und den
beiden Kuttern. Die Barkasse kommandierte Leutnant Langfeld, unter welchem meine Wenigkeit als
Adjutant fungieren sollte; der erste Kutter wurde
von Mr. Collins, dem dritten Leutnant, geführt der
zweite Kutter von Mr. Burke, dem Mastersmaaten.
Das ganze Expeditionskorps bestand aus vierzig
Matrosen und vier Offizieren – ich als Midshipman
zählte auch zu den letzteren.

Pünktlich um halb zehn Uhr stießen wir ab. Der
Nebel war so dicht wie zuvor. Wir konnten vom
Heck des Bootes aus kaum bis zum Buge sehen.
Obgleich ich wußte, wie sorgfältig Leutnant Langfeld seine Berechnungen gemacht hatte, so verzwei-
felte ich doch beinahe, daß wir den gesuchten Ort
finden würden.

Jeder Bootsteuerer hatte einen erleuchteten aber
nach außen sorgfältig abgeblendeten Kompaß, die
Remenstangen waren umwickelt und den Leuten

war tiefstes Schweigen auferlegt. So glitten wir über den Strom dahin, fast so geräuschlos, wie die wallenden Nebelstreifen.

Um nicht auseinander zu geraten, fuhren die Boote eins hinter dem andern, die Fangleine des ersten Kutters war an der Barkasse, die des zweiten Kutters am Heck des ersten befestigt und zwar so, daß die Buchten der Leinen soeben das Wasser berührten, da selbstverständlich keins der Boote das andere schleppen wollte.

Tiefe Finsternis, tiefes Schweigen. Das Schweigen wäre bedrückend gewesen, wenn es nicht von dem Gezirp der zahllosen Millionen von Insekten auf beiden Ufern unterbrochen worden wäre. Als man mir sagte, daß dieses seltsame Getön wirklich nichts als die Wirkung von Insektenstimmen sei, da fiel es mir schwer, dies zu glauben. Es hatte Ähnlichkeit mit dem Geschnurr von Maschinen, nur daß es in bestimmtem Rhythmus anschwoll und schwächer wurde und gelegentlich auch wie auf Verabredung, während einer kurzen Zeitspanne ganz verstummte. Dann wurde die Stille unheimlich; man drängte sich unwillkürlich enger an seinen Nachbar heran und sah sich furchtsam lauschend um. plötzlich kam dann aus der Ferne ein schwaches „Schirrschirr" wie ein Signal, und sogleich setzte der volle Chor wieder ein, und abermals vibrierte die ganze Luft von dem Getön.

Aber die Nacht hatte noch andre Stimmen, als diese – das gnarrende Brüllen der großen Katzen, wie Jaguar, Panther und Leopard, das Gebell des Schakals, das Geheul der Hyäne, das Grunzen des Nilpferdes und die geisterhaften Rufe der Nachtvögel. Oft wurde auch ein geheimnisvolles Schnaufen und Blasen unmittelbar bei den Booten hörbar, verbunden mit schwachem Geplätscher, das einen dann ganz besonders unangenehm berührte.

Einmal stiegen mir buchstäblich die Haare zu Berge; das war, als die Barkasse urplötzlich gegen etwas anrannte, das sich unter ihrem Buge aus dem Wasser erhoben hatte. Dem Stoß folgte ein Geräusch, das einem langen, stöhnenden Seufzer glich, dann rauschte das Wasser gewaltig auf und das riesige Geschöpf sank wieder in die Tiefe.

Unsre Besatzung war ebenso erschrocken wie ich, und einer der Leute, ein Danziger, einst ein Bootsmannsmaat an Bord der Fregatte „Hamburg", rief im ersten Entsetzen:

„Mensch, erbarm di! Wat was dat? Sün wi op e Seekrokodill opjelope? Ach Gottchen! Aber mi ward he nich frete ick schmeck em nich, ick heww to veel Tobackschmurgel in't Lief von all de Priemkes!"

Jetzt lachte alles, Leutnant Langfeld aber rief entrüstet:

„Ruhe im Boot! Was soll der Unsinn, Schneiderei? Daß Sie sich nicht nochmal unterstehen, den Mund aufzutun, sonst stelle ich Sie zum Rapport, wenn wir zurückkommen!"

Alles verstummte.

Plötzlich hörte man eine Stimme wie aus Geistermund:

„Wer kann wissen, wie viel lebendig zurückkehren werden!"

Ein Schauer überlief mich. Die Worte schienen nicht aus dem Boote, sondern von links her aus dem Nebel zu kommen. Sie waren kaum lauter gewesen, als ein Flüstern, und dennoch bemerkte ich, daß alle Mann in der Barkasse sie vernommen und sich davor ebenso entsetzt hatten wie ich.

„Wer hat da gesprochen?" rief der Leutnant. „Wer war das? Ich will's wissen!" Seine Stimme klang anders als sonst.

Niemand antwortete. Die Leute hatten wie auf Kommando das Rojen eingestellt und saßen atemlos lauschend. Der erste Kutter lief uns auf und wurde langseit sichtbar.

„Hat bei Ihnen an Bord jemand gesprochen, Leutnant Collins?" fragte Langfeld.

„Kein Mensch", war die Antwort.

„Hörten Sie an Bord des zweiten Kutters sprechen?"

„Nein, ich habe nichts gehört; warum?"

„O, ich wollt's nur wissen. Barkasse, anrojen!"

Die Leute nahmen ihre Tätigkeit wieder auf, ich sah aber, wie sie häufig Blicke miteinander wechselten, und vernahm auch allerlei dumpfes Raunen von Spuk und Gespenstern und schlimmer Vorbedeutung.

Nach einer Weile sah Langfeld auf seine Uhr.

„Es ist kurz vor zehn", flüsterte er mir zu. „Wir müssen bald in der Mitte des Stromes sein. Aus dem Insektengezirp werden wir erkennen, wenn wir uns dem andern Ufer nähern."

Er hatte recht; das Getön am südlichen Gestade nahm nach und nach an Fülle zu und unterdrückte mehr und mehr das vom nördlichen Gestade herüberkommende. Wir hatten also die Mitte des Stromes bereits hinter uns. Die Leute rojten gemächlich, die Boote liefen nicht mehr als vier Knoten Fahrt.

Auf einmal glaubte ich, über unserm Backbordbuge einen dunklen Gegenstand im Nebel wahrzunehmen. Ich berührte Langfelds Arm und flüsterte:

„Sehen Sie da drüben etwas, links vom Boot im Nebel?"

Der Leutnant lugte aufmerksam nach der angegebenen Richtung, dann wendete er sich um und flüsterte dem Bootsteuerer zu:

„Steuerbord – hart!"

Die Barkasse schwang aus ihrem Kurse, und jetzt drängte sich mir die Gewißheit auf, daß wir beobachtet wurden. Der Gegenstand, den ich gesehen, war ein Kanu mit drei Leuten darin; in demselben Moment wo wir den Kurs änderten, tat es dasselbe und verschwand gleich darauf im Nebel.

Diese Entdeckung erfüllte den Leutnant mit schweren Bedenken. Wenn die Leute in dem Kanu Kundschafter der Sklavenschiffer waren, ausgesandt, zu erfahren, ob ein Angriff unsererseits zu erwarten sei, dann handelten wir ohne Zweifel am klügsten, wenn wir wieder umkehrten. Denn das leichte Rindenfahrzeug mußte die drei Schiffe eher erreichen, als wir; die Banditen konnten alle Vorbereitungen zu unserm Empfange treffen, und bei diesem dichten Nebel waren dann alle Vorteile bei jenen, die sich an Bord der Schiffe befanden.

Andrerseits war es aber auch möglich, daß das Kanu mit den Sklavenräubern gar nichts zu schaffen hatte. Machte die Expedition in solchem Falle Kehrt, dann war es mit Langfelds ferneren Aussichten in englischen Diensten schlimm bestellt.

Als tapferer Mann aber blieb er nicht lange im Zweifel; wenige Augenblicke reichten bei ihm hin, die Fortsetzung der Fahrt zu beschließen.

Das Insektengetön nahm schnell an Stärke zu, und es währte nicht lange, da hörten wir es auf beiden Seiten. Langfeld sah beim Schein der Kompaßlaterne nach der Uhr.

Zwanzig Minuten vor zwölf", flüsterte er mir zu, „wir sind in den Creek eingelaufen."

Die Sklavenschiffe ankerten zwei Seemeilen aufwärts im Creek, das war uns bekannt; plötzlich stand die Gewißheit vor mir, daß ich mich nach Verlauf einer halben Stunde aller Wahrscheinlichkeit nach mitten in einem wilden Kampf auf Tod und Leben befinden würde. Bisher hatte ich seltsamerweise den Angriff auf die Sklavenräuber nur als eine entfernte Möglichkeit angesehen, jetzt aber stand er dicht bevor – Kampf und Blutvergießen.

War das eigentümliche Gefühl in mir etwa Furcht?

Noch niemals hatte ich Pulver gerochen, das in tödlichem Ernst verpufft worden war. Eine ganz neue Erfahrung stand mir bevor. Ich sollte Menschen gegenübertreten, die, wenn die Gelegenheit sich bot, mich ohne Zögern und ohne Bedenken erschießen, erstechen oder erschlagen würden. Nach Ablauf einer kurzen halben Stunde lag ich vielleicht sterbend oder bereits tot in meinem Blute.

Mein Herz begann heftig zu pochen, das Blut stieg mir zu Kopf und mir war, als müsse ich ersticken. Das währte etwa fünf Minuten, dann packte mich ein fieberhaftes, ungeduldiges Verlangen nach dem Moment der Entscheidung. Es schien mir eine Ewigkeit bis dahin. Ich wollte sofort beginnen, sofort das Schlimmste erfahren und zu Ende bringen.

Ich brauchte nicht mehr lange zu warten. Wir hatten ungefähr eine Seemeile in dem Creek zurückgelegt, da schlug eine tiefe rauhe Stimme an unser Ohr, die uns vom Ufer her etwas zubrüllte.

„Fastrojen!" kommandierte Langfeld. Die Leute hielten die Remen in der Schwebe. „Was hat der Kerl gesagt?" wandte er sich dann zu mir.

„Keine Ahnung", antwortete ich. „Ich habe nicht ein Wort verstanden. Es hörte sich wie Spanisch an."

Der Anruf wiederholte sich, wurde uns aber dadurch nicht verständlicher. Inzwischen war uns der erste Kutter langseit getrieben, und Mr. Collins, der sich einiger Kenntnis der spanischen Sprache rühmte, belehrte uns dahin, daß der Rufer gesagt habe, wir hätten sofort umzukehren oder aber die Folgen zu tragen.

„Weiter nichts?" entgegnete Langfeld. „Wir sind also entdeckt, wie's scheint; dann können wir ja den Gedanken an eine Überrumpelung ruhig aufgeben. Schmeißt die Fangleinen los! Das Beste ist, wir nehmen die drei Raubschiffe jetzt mit Sturm und zu gleicher Zeit, jedes Boot eins – wenn's möglich ist. Also vorwärts, Leute, was die Remen halten wollen!"

Die losgeworfenen Fangleinen wurden eingeholt, die Matrosen legten sich mit schallendem Hurrageschrei in die Remen und mit brausender Fahr schossen die Boote dahin durch den dichten Nebel.

Wir waren einige Minuten gerojt, da krachte ein Gewehrschuß auf Steuerbord vom Ufer her, und in demselben Moment sahen wir auf jeder Seite eine Reihe von Feuerfunken aufleuchten, die schnell größer und heller wurden, bis sie sich als große Feuer von trockenem Reisig herausstellten, zwölf an der Zahl, sechs auf jedem Ufer und je sechshundert Schritt voneinander entfernt. Sie durchleuchteten den Nebel weithin und hatten den Zweck, unsre Bewegungen den Feinden sichtbar zu machen.

Eben beruhigte ich mich mit dem Gedanken, daß der dicke Daak diese Absicht wohl größtenteils vereiteln würde, da fuhren wir plötzlich aus dem Nebel heraus wie aus einer Mauer, und vor uns lagen die drei Sklavenfahrzeuge mit Springtauen auf den Ankern, ausgespannten Enternetzen und ausgerannten Geschützen.

Man hatte die Fahrzeuge in einer etwas gebogenen Linie quer über den Creek gelegt, mit den Vordersteven nach Osten gerichtet, die Brigg vornan, der Schoner in der Mitte und die Brigantine zuletzt in der Linie. Ihre Breitseiten beherrschten somit den ganzen Creek in der Richtung, aus der wir herankamen, und konnten auf jeden Punkt darin konzentriert werden.

„Hurra!" rief Leutnant Langfeld und zog den Säbel, „da haben wir sie! Vorwärts, drauflos! Ich nehme die Brigg; Sie Collins, packen die Brigantine und Burke macht sich an den Schoner! Und nun, Jungens, macht die Schultern krumm und rojt, daß die Dollen knacken, ist die Barkasse zuerst da, dann gibt's Grog für alle Mann!"

Und fort ging's; die starken eschenen Remen bogen sich, als wollten sie brechen, und mit lautem Gebrause schäumte das Wasser am Buge empor. Die beiden Kutter rasten mit gleicher Schnelligkeit auf den Feind zu.

Wir waren den andern um eine halbe Bootlänge voraus und noch sechzig Schritt von der Brigg entfernt, da hörten wir das Kommando „Feuer!" und im nächsten Moment entsandten die Breitseiten sämtlicher Schiffe unter furchtbarem Donnergekrach ihren Eisenhagel gegen uns. Die Geschosse flogen über uns hinweg und schlugen rings um uns ins Wasser, so daß die Spritzer uns wie ein Platzregen durchnäßten, aber merkwürdigerweise erlitten wir keinen Schaden.

Ehe die Geschütze wieder geladen werden konnten, waren wir langseit, und dann entspann sich ein Handgemenge, wie ich ein ähnliches auf allen meinen späteren Fahrten nie wieder erlebt habe. Als die Barkasse unterhalb der Großrüst an die Schiffsseite rührte, warf jeder seinen Remen ins Boot, zog sein Entermesser und sprang in die Rüst empor. Hier fanden unsre braven Leute, in der Mehrzahl Deutsche, jedoch einen so gewaltigen Widerstand, daß es ihnen nicht gelang, festen

Fuß zu fassen; kaum hatten sie sich hinaufge-
schwungen, da stürzten sie, getroffen von Pieken-
stößen, Pistolenkugeln und Säbelhieben wieder in
die Barkasse zurück.

Leutnant Langfeld und ich sprangen zufällig
nach einer und derselben Stelle; dabei wurde ich,
als der leichtere, von ihm zur Seite gedrängt und
fiel beinahe ins Wasser, ihm aber gelang es, sich
an einer Pütting festzuhalten, und schon schickte
er sich an, in die Want zu klettern, da sah ich, wie
von oberhalb der Reling mit einer Pieke nach ihm
gestoßen wurde. Der Stich traf ihn in die rechte
Schulter, er verlor seinen Halt und stürzte hinunter
in die Barkasse.

Inzwischen hackten und schnitten unsre Leute
auf das Enternetz los, um sich einen Zugang zu
verschaffen; da sie jedoch bei dem ersten Angriff
ihre Pistolen abgeschossen und dann nicht Zeit
gefunden hatten, sie aufs neue zu laden, und da sie
durch das Netz die Gegner nicht erreichen konnten, so waren sie ihnen gegenüber völlig wehrlos.
Nach wenigen Minuten waren sie daher alle wieder in der Barkasse, jeder mehr oder weniger verletzt.

Die Kutter hatten augenscheinlich keine besseren
Erfolge gehabt, denn wir sahen sie sich von den
Schiffen zurückziehen. Leutnant Langfeld, der seine
Wunde gar nicht beachtete, gab zögernd den Befehl,
dem Beispiel der andern zu folgen. Er dauerte mich,

denn ich merkte, wie tief ihn unser Mißerfolg nie-
derdrückte.

In Rufweite angelangt, fragte er die Leutnants
Collins und Burke nach den Verlusten, die sie erlitten.

„Wir haben einen Toten", antwortete Collins,
„und verwundet sind wir alle."

Burke meldete, daß er zwei Schwerverwundete
und sieben Leichtverwundete an Bord habe.

„Well", sagte Langfeld, „unser Manöver war ver-
fehlt, wir müssen die Taktik ändern. Jetzt werfen
sich alle drei Boote auf den Schoner, die beiden
Kutter entern vorn auf beiden Seiten, ich mit der
Barkasse werde tun, als wollte ich die Brigantine
angreifen, dann aber den Schoner von achtern entern. Also vorwärts!"

Die Boote wendeten schnell und brausten abermals auf den Feind los. In einer Entfernung von
hundert Schritten erhielten wir eine zweite Breitseite von allen drei Schiffen. Diesmal wurde unsre
Barkasse von fünf neunpfündigen Kugeln getroffen.
Sie rissen zwölf Fuß Dollbord und Planken aus der
Steuerbordseite, zerschmetterten eine Anzahl Remen, zertrümmerten Vorsteven und Bug und töteten
drei Mann.

Die Barkasse war jetzt ein sinkendes Wrack.
Langfeld befahl, auf des Schoners Großrüst zuzu-
steuern, die wir auch noch gerade in dem Moment erreichten, wo die Barkasse wegsackte. Wir

sprangen von der Reling des kenternden Bootes auf die des Schoners, der zum Glück eine Minute zuvor von den beiden Kuttermannschaften geentert worden war. Die ganze Besatzung des Schoners war nach vorn gestürmt, um die Angreifer abzuwehren. Wir machten uns dies zunutze, und, anstatt uns mit dem Zerhauen des Enternetzes aufzuhalten, schlüpften wir schnell und geräuschlos durch die offenen Achterpforten an Deck, eilten nach vorn und griffen die Spanier im Rücken an.

Unser plötzliches Erscheinen rief zuerst Schrecken und Verwirrung unter ihnen hervor, aber sie ermannten sich schnell und stürzten uns wütend entgegen. Das war's, was wir gewollt hatten. Auf Langfelds Befehl beschränkten wir uns zunächst lediglich auf die Verteidigung und wichen dabei langsam zurück, wodurch wir die Mehrzahl der Banditen vom Buge weglockten. Die Kutterleute nahmen die Gelegenheit wahr, und nach kaum fünf Minuten befanden sich alle drei Bootsbesatzungen an Deck des Schoners.

Die Spanier wehrten sich verzweifelt und streckten noch manchen unsrer braven Matrosen nieder, bis diese endlich, durch solche Hartnäckigkeit aufs äußerste erbittert, die Halunken tatsächlich über Bord und ins Wasser jagten. Großen Verlust erlitt der Feind dadurch freilich nicht, denn die meisten der Flüchtlinge schwammen zur Brigg oder zur Brigantine und wurden dort an Bord gezogen.

Leutnant Langfeld zögerte nicht, diesen Sieg nach Kräften auszunutzen. Er ließ die Kutter achterausbringen und am Heck festlegen, und während dies geschah, wurde der Schoner mittels der Springtaue so gelegt, daß er seine Breitseiten gegen die Brigg und die Brigantine kehrte. Die Geschütze wurden doppelt geladen und dann bestrichen wir gleichzeitig sowohl das Deck der Brigg wie das der Brigantine mit einem furchtbaren Kugelhagel. Ein entsetzliches Geheul und Geschrei auf beiden Fahrzeugen verriet uns, welche Verheerungen unsre Geschosse in den dichtgedrängten Mengen der Feinde angerichtet hatten.

Das hinderte aber diese nicht, auch ihrerseits an den Springtauen zu holen und, während wir unsre Batterien wieder schußfertig machten, ihre Breitseiten gegen uns zu richten.

Noch einmal schleuderten unsre doppelt geladenen Geschütze Tod und Verderben gegen den Feind, dann mußten wir dem vereinten Feuer der Brigg und der Brigantine standhalten. Die Geschosse durchschlugen die Beplankung des Schoners, und nie werde ich das herzzerreißende Wehgeschrei, Gekreisch und Todesgestöhn vergessen, das unter unsern Füßen hörbar wurde. Von uns an Deck war niemand verletzt worden, denn die Spanier hatten die Mündungen ihrer Geschütze niederwärts gerichtet, so daß die Geschosse den Schoner dicht über der Wasserlinie trafen und jenseits durch den Boden wieder hinausfuhren, ohne Rücksicht darauf, daß der Raum des Fahrzeugs dicht mit Sklaven angefüllt war. Das Gemetzel, das dadurch unter diesen Unglücklichen angerichtet wurde, ist nicht zu beschreiben.

Zuerst standen alle Mann starr vor Entsetzen über diese nichtswürdige Grausamkeit, dann aber sprangen sie mit Wutgeschrei wieder an die Geschütze und feuerten ohne Kommando und so schnell es ihnen möglich war Schuß auf Schuß gegen die Räuberschiffe. Diese zielten wie zuvor, ihre Breitseiten hatten dieselbe mörderische Wirkung, und das Verzweiflungsgeschrei der armen Neger wurde immer fürchterlicher.

„O Gott, das ertrage ich nicht länger!" hörte ich Langfeld rufen. „Leutnant Burke, gehen Sie mit sechs Mann unter Deck und nehmen Sie den armen Schwarzen die Fesseln ab! Sie sollen nicht hilflos von den Kugeln der spanischen Teufel in Stücke gerissen werden. Lassen Sie sie an Deck kommen, dann mögen sie in den Booten des Schoners oder schwimmend an Land fliehen."

Burke ging ohne Zögern an das gefährliche Rettungswerk, und es dauerte nicht lange, da kamen die befreiten Neger in angftvoller Hast durch die Großluk an Deck gewimmelt. Eine

Weile starrten sie hier ratlos um sich, dann kauerten sie nieder, wo sie eben standen.

Die Kanonade dauerte auf beiden Seiten fort, und bald richteten die Spanier auch noch ein heftiges Gewehrfeuer auf uns, von dem zunächst einige der Schwarzen getroffen wurden. Als Langfeld dies gewahrte, ließ er die drei Boote des Schoners zu Wasser bringen und die Schwarzen hineinschaffen, wobei unsre Leute vorübergehend die Geschütze im Stich lassen mußten.

Da geschah das Unglaubliche – kaum hatten die Spanier unsre Absicht erkannt, da richteten sie ihr Feuer gegen die Boote und deren wehrlose Insassen, und wir waren gezwungen, die Unglücklichen in Eile wieder an Bord zu ziehen, um sie vor brutaler Abschlachtung zu bewahren.

Obgleich es Burke gelungen war, viele von ihnen von den schweren Ketten zu befreien, mit welchen sie untereinander gefesselt waren, so schleppten die meisten doch noch eiserne Fesseln an den Füßen mit sich. Diese wurden nun abgeschlagen, und dann hievten wir die armen Menschen über Bord, um ihnen Gelegenheit zu schaffen, an Land zu schwimmen und dort das Weite zu suchen.

Während dieser Zeit hörten die Spanier mit dem Schießen nicht auf und überschütteten uns mit einem wahren Hagel von Geschossen jeglicher Art; die Luft war von erstickendem Pulverrauch erfüllt, in dem nichts als die Blitze der Kanonen und Gewehre erkennbar waren; die ganze Luft erbebte vor dem Getöse und Geknatter des Feuerns, dem Gebrüll der Kämpfenden und dem Geschrei der Verwundeten und Sterbenden. Dazu kam das gellende Gekreisch der Schwarzen, die, halb wahnsinnig gemacht durch die sie umgebenden Schrecken, unsre wohlmeinende Absicht nicht begriffen und sich verzweifelt gegen das Überbordwerfen sträubten.

Und in all diesem Tumult kam Mastersmaat Burke aus dem Raum an Deck getaumelt, aus einer schweren Splitterwunde am Kopf blutend; hinter ihm tauchten seine Leute aus der Großluke auf. Er meldete, daß der Schoner im Sinken sei und daß es unmöglich wäre, noch mehr Schwarze zu befreien.

Ich schaute in die Luke hinab. Bei dem matten Schein einer Hornlaterne, die Burke an einem Decksbalken hatte aufhängen lassen, sah ich das schwarze Wasser durch die Schußlöcher emporquellen; es war den gefesselten Negern bereits bis ans Kinn gestiegen, die verstümmelten Leichen ihrer Genossen trieben um sie her. Sie hielten die Gesichter aufwärts gerichtet und aus den weit aufgerissenen Augen sprach namenlose Todesangst.

Was ich bei diesem Anblick empfand – ich kann und mag es nicht ausdrücken. Es war keine Zeit zu verlieren; wir fühlten den Schoner schnell unter unsern Füßen wegsacken, und sehr bald mußte es heißen: „Jeder für sich, und Gott für uns alle!"

Ich sah wie Leutnant Langfeld das Steuerrad nach Backbord herumwirbelte und dann festband; er wollte den Schoner an die Brigg heranschwojen lassen, und dies gelang ihm auch; eine halbe Minute später stießen die Fahrzeuge an einander.

„Hurra!" rief er, „folgt mir, Wölfe! Springt an Bord der Brigg, der Schoner sinkt!"

Wir sprangen, und kaum hatten wir Halt an der Brigg gewonnen, da legte sich der Schoner auf die Seite und versank.

Abermals stießen wir auf grimmigen Widerstand, aber grimmiger noch war der Angriff der Wölfe. Nach kurzem, hartnäckigem Kampfe hatten wir die Brigg in unsrer Gewalt, und auf einen Befehl ihres Kapitäns warf die spanische Mannschaft auf einmal ihre Waffen nieder und stürzte sich Hals über Kopf in die Boote, die bereits vorher zu Wasser gebracht worden waren, aus einem Grunde, den wir bald erkennen sollten.

Anstatt aber Zuflucht auf der Brigantine zu suchen, wie wir erwartet hatten, rojten die Spanier in größter Eile den Creek hinauf. Die Finsternis verhinderte uns, hinter ihnen herzufeuern, und so entkamen sie.

Der heiße, erstickende Dunst, der durch die Gräting der Großluke emporstieg, sagte uns, daß auch dieses Fahrzeug eine volle Ladung Sklaven an

Bord hatte. Langfeld beschloß daher, die Brigg ans Ufer zu warpen und die armen Geschöpfe an Land zu schaffen, ehe er die Feindseligkeiten gegen die Brigantine erneuerte. Ich erhielt den Befehl, in einem der Kutter die Enden der Warptrossen an Land zu bringen.

Wir hatten, wie dem Leser erinnerlich sein wird, unsre Barkasse und die beiden Kutter am Heck des Schoners festgemacht, und dort befanden sie sich noch, da der Schoner, in dem flachen Creek nur etwa einen Fuß Wasser über seinem Deck stehen hatte. Um zu den Booten zu gelangen, mußten wir das Schonerdeck passieren; meine Mannschaft hatte dies bereits getan, und kletterte soeben die Rüsten der Brigg hinunter, da geschah eine furchtbare Explosion, eine jähe Flamme blendete mich, ich fühlte mich durch die Luft gewirbelt und in die aufrauschende Flut des Creeks geschleudert.

Halb bewußtlos schwamm ich dem Ufer zu; die Entfernung dahin war nicht weit, aber ehe ich es erreichte traf mich ein Schlag auf den Kopf – jedenfalls von einem niederstürzenden Wrackstück der auseinander gesprengten Brigg – und dann wußte ich nichts mehr von mir.

———

Siebentes Kapitel

*In der Gefangenschaft der Kongoneger. – Eine
schwarze Samariterin. – „Dachten Sie etwa, daß
Sie jetzt noch entrinnen können?" – Der
Fetischmann. – Heldenmut. – Menschenopfer. –
Frei! – Die Flucht durch den nächtlichen Wald. –
Die Vorstellung. – Wie Lubemba uns Waffen
verschaffte.*

Als ich wieder zum Bewußtsein kam, war ich ein
Gefangener. Meine Hände und Füße waren mit
harten Seilen aus zusammengedrehten Lianen gefesselt. Ich empfand starke Schmerzen, und nicht
nur an den geschnürten Gliedern; mein ganzer Körper schmerzte mich.

Wo war ich überhaupt?

Augenscheinlich irgendwo an Land.

Über mir sah ich den tiefblauen Himmel und die
im Zenit stehende Sonne, die mit unbarmherziger
Gewalt auf meinen unbedeckten Kopf und mein
aufwärts gekehrtes Gesicht herniederbrannte. Ich
wandte den Kopf zur Seite, um der mörderischen
Blendung auszuweichen, da ward ich gewahr, daß
ich auf dem kurzen Grase einer Waldlichtung lag,
die von dichtem Dschungelwald umgeben war.

Unweit von mir sah ich Leutnant Langfeld liegen, gefesselt wie ich selbst; in einiger Entfernung
hockten etwa fünfzehn oder zwanzig gleichfalls
gefesselte Neger, die, nach ihrem jammerlichen

Aussehen zu urteilen, zu der Sklavenladung des gesunkenen Schoners gehört haben mochten.

Ich drehte den Kopf nach der andern Seite: da sah ich einen Haufen von etwa fünfzig Schwarzen, die teils stehend, teils hockend eine Mahlzeit einnahmen. Sie waren mit Speeren und Keulen bewaffnet, woraus ich schloß, daß sie es waren, die uns gefangen genommen hatten. Dies erwies sich als richtig, denn als sie ihr Futter in sich hineingestopft hatten, kamen einige auf uns zu und bedeuteten uns, daß wir uns erheben und auf den Marsch machen sollten.

Die Sklaven gehorchten, da sie ihre Füße frei hatte, ich aber rührte mich nicht, weil mir das unmöglich war. Auch der Leutnant lag ganz still. Da kam ein großer ungeschlachter Kerl heran, um uns mit der Spitze seines Speeres aufzustacheln. Langfeld schien davon nichts zu spüren; er war entweder ohnmächtig oder gar tot; in mir aber regte sich bei dieser unverdienten Mißhandlung ein heißer Zorn, ich erhob die gefesselten Füße und versetzte dem Kerl einen so heftigen Tritt gegen das Schienbein, daß er aufheulte und schleunigst eine Strecke davonhumpelte, zum Gaudium seiner schadenfroh lachenden Gefährten. Gleich darauf kam er wutfunkelnden Blickes wieder zurück, und jetzt hätte er mich mit dem Speer an den Erdboden genagelt, wenn ihn nicht ein andrer Schwarzer daran verhindert hätte. Auf dessen Befehl wurden Langfeld und ich aufgehoben und von je zwei Mann hinter dem Zuge der schwarzen Gefangenen hergetragen, während die Bewaffneten uns rechts und links begleiteten.

Ich hatte in den vorhergegangenen Kämpfen mehrere Wunden erhalten; diese schmerzten mich bei der unsanften Behandlung so heftig, daß mir die Sinne schwanden.

Wieder zu mir gekommen, lag ich auf dem Boden eines Kanus. Neben mir lag Leutnant Langfeld, nicht etwa tot, sondern so lebendig und munter, wie ich es bei seinen vielfachen Verwundungen nimmermehr für möglich gehalten hätte. Er begann auch sogleich zu erzählen. Er war an Bord der Brigg eben im Begriff gewesen, nach vorn zu gehen, als die Explosion stattfand. Er verlor sogleich das Bewußtsein, und als er wieder zu sich kam, sah er sich an Bord des Kanus und mich an seiner Seite.

Der Ärmste befand sich in einem bösen Zustande. Er trug nicht weniger als vier zum Teil schwere Wunden am Leibe, sein Gesicht und seine Hände wiesen schmerzhafte Verbrennungen auf, und seine Uniform bestand nur noch aus Fetzen. Den größten Kummer aber verursachten ihm das Fehlschlagen der Expedition und die furchtbaren Verluste an Menschenleben, die seine Bootsmannschaften erlitten haben mußten, nicht allein durch die Kämpfe, sondern hauptsächlich durch das Auffliegen der Brigg.

Das Fahrzeug, das uns davonführte, war ein Kriegskanu von sechzig Fuß Länge und fünf Fuß Breite, bemannt von vierzig Kriegern, die in zwei Reihen auf Backbord und Steuerbord längs der Reling saßen und aus Leibeskräften drauflos paddelten. Auch hatte man ein großes Mattensegel gesetzt, in das die Brise so kräftig hineinblies, daß das Kanu mit fliegender Fahrt durch das Wasser rauschte, das, wie wir mutmaßten, nur der Kongo sein konnte, denn wir hatten nichts als den blauen Himmel über uns in Sicht.

Bei Sonnenuntergang nahmen die Schwarzen das Segel weg, änderten den Kurs und einige Minuten später knirschte das Kanu auf dem Sande des Gestades. Die Fesseln der Füße hatte man uns schon vorher abgenommen und so konnten wir mit den übrigen an Land gehen. Kaum standen wir jedoch auf festem Boden, als wir von neuem aufgehoben und fortgeschleppt wurden. Diesmal aber nicht weit. Denn bald ließ man uns wieder nieder und band uns an den umfangreichen Stamm eines mächtigen Baumes.

Wir befanden uns in einem großen Dorfe der Eingeborenen, dessen Hütten im Halbkreise ein größeres, mit rohen, seltsamen Verzierungen geschmücktes Gebäude umstanden, vor dem sich ein greuliches Götzenbild erhob. Es mußte also wohl der Tempel sein.

Weiter um uns schauend gewahrten wir, daß unsre schwarzen Mitgefangenen auch an Bäume gebunden worden waren. Die Krieger verließen uns nun und an ihrer Stelle versammelte sich eine neugierige Schar, vornehmlich Weiber und Kinder, um uns. Die meisten drängten sich um Langfeld und mich, weil unsre helle Gesichtsfarbe anscheinend etwas Neues für sie war. Die alten Weiber waren sämtlich abschreckend häßlich und schmutzig, unter den jungen Mädchen aber sahen wir recht graziöse Gestalten und auch einige nicht unschöne, ganz angenehme Gesichter.

Eine dieser letzteren, eine richtige kleine schwarze Diana, schien sich besonders zu uns hingezogen zu fühlen; sie trippelte vor uns hin und her, ging mehrmals um den Baum herum, zuerst in respektvoller Entfernung, dann näher und näher. Endlich, nachdem sie unsre Gesichter eine Minute lang mit größter Aufmerksamkeit betrachtet hatte, kam sie kühn heran und berührte mit dem Finger meine Wange, wohl um sich zu überzeugen, daß ich auch richtiges Fleisch und Blut sei. Als sie wieder zurücktrat, glaubte ich einen Ausdruck von Mitleid auf ihren Zügen zu erkennen.

Auf einmal lief sie schnell davon und kam nach kurzer Zeit mit einem Körbchen wieder, das mit Palmensaft gefüllt war; das feine und dichte Geflecht ließ keinen Tropfen durchsickern. Sie brachte das Getränk zuerst an Langfelds und dann an meinen Mund; wir tranken abwechselnd mit Gier und Behagen, denn wir waren halb verschmachtet gewesen. Bald war das Körbchen leer; sie blickte mit fröhlicher Genugtuung hinein, rief uns etwas zu und trippelte abermals leichtfüßig fort. Nach etwa einer Viertelstunde war sie wieder da. Diesmal brachte sie in demselben Körbchen eine breiartige Suppe, die zwar nicht gut schmeckte, uns aber dennoch nach unserm langen Fasten recht willkommen war. Das Päppeln geschah mit einem kleinen spatenförmigen Holzlöffel. Das lebhafte Geschwätz und laute Gelächter eines Häufleins junger Mädchen, die der Prozedur zuschauten, und die ein wenig verlegenen Entgegnungen unsrer Samariterin zeigten, daß auch hier im afrikanischen Walde Späße und Schäkereien nicht unbekannt waren. Alles dies wurde plötzlich durch mißtönende Hornstöße und dumpfen Trommelschlag unterbrochen. Die alten Weiber, die Mädchen und auch unsre Freundin machten sich eilig davon, die letztere nicht ohne uns noch einige mitleidsvolle Blicke zuzuwerfen.

Vor dem Götzenbild oder Fetisch war inzwischen ein Feuer angezündet worden. Da die Schar der Neugierigen nicht mehr die Aussicht versperrte, sahen wir, wie die Hornbläser und Trommler und eine Menge andrer Männer langsam im Kreise um den Fetisch herumzogen. Die barbarische Musik lockte die Bewohner der Hütten heraus, die sich in Gruppen hinter und neben dem Götzen versammelten.

Jetzt erscholl ein markdurchbohrender kreischender Schrei und aus der offenen Tür des Tempels sprang in langen Sätzen ein Mann heraus, der von oben bis unten mit Affenfellen behängt war; als Gürtel wand sich eine lebendige Schlange um seinen Leib, auf dem Kopf trug er eine Federkrone und in der Hand einen rot und weiß bemalten Stab.

Bei seinem Erscheinen verstummte alles; er stimmte einen leisen eintönigen Gesang an und deutete dabei mit seinem Stab langsam auf jeden der Gefangenen, wobei er mit uns den Anfang machte.

„Freund Wetter", sagte Langfeld zu mir, „wenn Sie sich noch mit Ihrem Herrgott abzufinden haben, dann rate ich Ihnen, dies jetzt zu tun, solange Ihnen noch Zeit dazu bleibt, denn ich fürchte sehr, daß wir diese Nacht nicht überleben werden."

Diese Worte erschreckten mich dermaßen, daß ich keine Erwiderung fand; meine Zunge war wie gelähmt, ich konnte meinen Unglücksgefährten nur entsetzt und ungläubig anstarren.

„Kam Ihnen das so überraschend?" fuhr der Leutnant fort. „Dachten Sie etwa, jetzt noch entrinnen zu können? Damit ist's aus. Fassen Sie sich. Sie haben Mut, das haben Sie gestern reichlich bewiesen. Ich bin überzeugt, daß Sie dem Tode in Gegenwart dieser Wilden ruhig und fest ins Auge schauen werden. Sie sind kein Knabe mehr, Sie sind ein Mann, ein deutscher Mann, vergessen Sie das nicht. Unsre Zeit ist um. Sehen Sie, dort kommt der Priester des scheußlichen Götzen – er wird sich das erste Opfer aussuchen. Sollten Sie die Schrecken dieser Nacht wirklich überleben und in die Heimat zurückkommen, dann suchen Sie meine Mutter auf und sagen Sie ihr, daß ihr Sohn gestorben ist, wie sie es immer gewünscht hat, als ein gläubiger Christ. Ah, es scheint, als solle ich Nummer Eins sein. … Mut, Wetter, und Gott befohlen!"

Der Fetischpriester hatte seinen Gesang beendet und musterte nun in dem allgemeinen Schweigen noch einmal die Gefangenen. Endlich erhob er seinen Stab und richtete ihn auf Langfeld, was diesen bewog, sich als Nummer Eins zu bezeichnen.

Unter schlangenhaften Krümmungen und Windungen näherte der Kerl sich im Tanzschritt meinem Gefährten; zwei Schritt vor demselben blieb er stehen, den Stab gegen dessen Brust gerichtet. So stand er eine Weile unbeweglich, augenscheinlich in der Erwartung, den hilflosen Gefangenen in Angst und Furcht geraten zu sehen. Aber er irrte sich. Langfeld heftete seine Augen auf die des Feindes und sah ihn so fest, so ruhig, so überlegen und so verachtungsvoll an, daß der Fetischmann, empört über diesen Mißerfolg, einen Wutschrei ausstieß, den Stab senkte, um ihn dann auf mich zu richten.

Aber der große, stille Heldenmut, dessen Zeuge ich geworden war, die Bewunderung, die meine Seele erfüllte, hob mich hoch empor über jegliches Furchtgefühl, und so gelang es auch mir, dem finstern, blutdürstigen Blick des tückischen Priesters ebenso ruhig und kühl zu begegnen, wie mein Vorgesetzter es getan hatte.

Vielleicht eine Minute lang standen wir einander so gegenüber, dann senkte der Fetischmann den Stab, bedrohte mich mit einer wütenden Gebärde und wandte sich zu dem nächsten Gefangenen.

„Man läßt uns eine Galgenfrist", sagte Langfeld. „Man will uns nun die Martern der andern mit ansehen lassen, damit wir vorausfühlen, was unser wartet, und unser Mut dadurch erschüttert werde. Ich habe über die Sitten und Gebräuche der Kongoneger allerlei gelesen und glaube, daß dies ein Opferfest zur Abwendung von Unglück von dem Stamme sein soll. Man martert die Gefangenen zu Tode, und jeden mit größeren Qualen als den vorhergegangenen. Sehen Sie, jetzt hat er das erste Opfer gefunden."

Der Priester stand vor einem der gefangenen Schwarzen und versetzte ihm mit dem Stabe einen leichten Schlag auf die Brust. Das war das Todesurteil. Der Unglückliche stieß ein jämmerliches Geschrei aus, denn vier Neger, das Gefolge des Priesters, warfen sich auf ihn, schnitten ihn von dem Baumstamm los und schleppten ihn zu dem Götzenbild, dessen Postament von dem Stumpf eines uralten Baumes gebildet wurde.

In der Zwischenzeit hatte man Mengen von Holz auf das Feuer geworfen, dessen Flammen nun gewaltig emporloderten. Bei dem roten Schein sah ich den Fetischmann in den Tempel gehen und gleich darauf mit einem aus Stein gefertigten Hammer in der Rechten und einigen großen Nägeln in der Linken wieder herauskommen. Auf seinen Wink packten die vier Henkersknechte den Verurteilten, rissen ihn rückwärts und den Kopf nach unten an den Baumstumpf heran und zerrten seine Arme und Beine, soweit es anging, waagerecht um den Stumpf herum. Dann trat der Priester herzu und nagelte die Gliedmaßen in dieser Lage an dem Stumpf fest.

Die Hornbläser und Trommler erhoben jetzt wieder ihr Getöse, das jedoch nicht imstande war, das Geschrei des Opfers zu übertönen. Der Priester aber brachte ein schwertartiges breites Messer zum Vorschein und begann damit unter wilden Körperverrenkungen und wahnwitzigen Gebärden um den Fetisch herumzutanzen, schneller, immer schneller; dabei stieß er, so oft er an dem Opfer vorbeisprang, das breite Messer in den Leib desselben, wobei er jedoch vermied, den Unglücklichen tödlich zu treffen. Endlich, als seine Tobsucht auf's höchste gestiegen war und ich kaum noch erkennen konnte, ob er sich auf dem Kopfe oder auf den Füßen herumschnellte, da flammte die mörderische Klinge in dem Feuerschein blitzartig auf, und der abgeschlagene Kopf des Opfers rollte am Boden.

Die Priesterknechte hoben ihn auf und nagelten ihn ebenfalls an den Stumpf.

Die Zuschauer brachen in ein betäubendes Beifallsgeschrei aus; der Fetischmann aber verschwand im Tempel, wahrscheinlich um sich von seiner Anstrengung zu erholen.

Bald aber erschien er wieder auf dem Schauplatz und entsendete seine vier Helfer in den Wald, von wo sie sehr bald wieder zurückkehrten, drei lange Stangen und eine Menge Lianenwerk mit sich bringend. Aus diesem Material stellten sie eine Art Hebezeug her, ähnlich dem, das an Bord der Schiffe gebraucht wird, um Lasten zu bewegen. Als sie damit fertig waren, stellten sie die dreibeinige Vorrichtung unmittelbar über dem Feuer auf, das jetzt nur noch aus einem großen Haufen glühender, rauchloser Kohlen bestand.

Das Ganze redete so deutlich, daß mich ein heftiger Schauer durchrieselte bei dem Gedanken, daß vielleicht mir die Feuerqual vorbehalten sei.

Wieder kam der Fetischmann auf uns zu. Er näherte sich auf den Fußspitzen, mit den schleichenden Bewegungen einer Katze. Zehn Schritt vor uns blieb er stehen, schwang seinen Stab, wiegte sich bald auf dem einen, bald auf dem andern Bein und kam dann langsam tänzelnd daher, jetzt den Stab gegen mich und dann wieder gegen Langfeld schwenkend.

„Malen Sie sich das Bild aus", wandte sich mein Gefährte lächelnd zu mir, „wie der Schuft jumpen würde, wenn der Bootsmann Kruse vom „Wolf" jetzt unversehens achter ihm auftauchte und ihm ein Paar mit der neunschwänzigen Katze über das wackelnde Heck risse."

Das war nun kein besonderer Witz, aber meiner überreizten Einbildung erschien dieses Bild unwiderstehlich komisch. Ich brach in ein unaufhaltsames, krampfhaftes Lachen aus, und das war's, was Langfeld gewollt hatte. Die Augen des Priesters sprühten Wut, er sprang heran und versetzte mir mit seiner schmutzigen Hand einen Schlag auf den Mund; dann ging er weiter, um ein andres Opfer zu wählen.

Er hatte nicht lange zu suchen. Mein schwarzer Nebenmann war halbtot vor Angst und deshalb dem grausigen Geschick ohne weiteres verfallen. Man riß ihn vom Baum, warf ihn nieder und band ihm hinter dem Rücken die Hände mit den Füßen zusammen. Der Priester befestigte ein langes Lianenseil an den gefesselten Gliedmaßen, dann schleppten die vier Henkersknechte den Unglücklichen zum Feuer und hingen ihn an dem dreibeinigen Gestell so auf, daß er nur einen Fuß über der Glut hing.

Ich schloß die Augen und hätte mir gern auch die Ohren verstopft.

Das unsäglich Fürchterliche wollte nicht enden.

Hatte der Ärmste hundert Leben in sich?

Ich meinte vor Entsetzen und Grausen sterben zu müssen.

Ich hörte den Leutnant neben mir knirschen und stöhnen.

Auf einmal fühlte ich eine Bewegung an dem Stropp, der mich an den Baumstamm band. Er lockerte sich, sackte hinunter – ich war frei!

Auch der Fesseln an meinen Händen war ich ledig. Ehe ich noch einen bestimmten Gedanken fassen konnte, ergriff eine weiche Hand die meine und zog mich schnell um den Stamm herum in den Schatten desselben. Unwillkürlich sah ich noch einmal zurück nach der Versammlung der Schwarzen – aller Blicke waren auf das über dem Feuer hängende und sich furchtbar windende Opfer gerichtet – und noch ehe ich recht erkannt hatte, was mit mir vorging, fand ich mich bereits eine Schiffslänge von dem Baum entfernt, geschwind und geräuschlos durch die Dunkelheit gleitend, an der linken Seite unsrer Samariterin, die mich fest an der Hand hielt, während sie auf ihrer rechten Seite Langfeld mit sich fortzog. So strebten wir mit atemloser Hast der dichten Finsternis zu, die jenseit des vom Dorfe her durch die Stämme leuchtenden Feuerscheins lag.

Ab und zu kam ein leises, dringendes „Sola-ku! Sola-ku!" über des Mädchens Lippen, so ausdrucksvoll, daß wir ohne Schwierigkeit darin eine Mahnung zur äußersten Beschleunigung unsrer Schritte erkannten. Wir taten dies auch nach Kräften, und etwa zehn Minuten nach dem Augenblick unsrer Befreiung langten wir auf einem schmalen Streifen sandigen Strandes an, und vor uns wälzte der Kongo seine gewaltigen Fluten dem Ozean zu. Unsre Führerin blieb stehen, als überlege sie, was nun zu tun sei. Eine Strecke flußabwärts gewahrte ich einige dunkle Gegenstände, die ich für Kanus hielt, die auf das Land gezogen waren. Ich machte Langfeld darauf aufmerksam.

„Sind das dort nicht Kanus?" sagte ich. „Lassen Sie uns schnell eins davon nehmen und flußabwärts paddeln."

Unsre kleine Diana hatte aus meiner Gebärde sogleich den Sinn meiner Rede verstanden; sie schüttelte heftig den Kopf, rief einige Worte deutlichen, entschiedenen Widerspruchs und deutete dabei auf Langfelds und meine vernachlässigten Wunden.

Beinahe in demselben Augenblick erscholl vom Dorfe her ein lautes verworrenes Geschrei; man hatte unsre Flucht entdeckt. Sogleich faßte das Mädchen von neuem unsre Hände, führte uns schnurstracks in den Fluß hinein, bis das Wasser uns an die Kniee reichte, und dann wendete sie

111

sich nach rechts, stromaufwärts. Das Geschrei der Verfolger spornte uns zu höchster Eile an. Nach einer Viertelstunde begaben wir uns wieder aufs Trockene und liefen weiter, bis wir einen schmalen Creek erreichten. Diana blieb stehen und fragte uns durch Gebärden, ob wir schwimmen könnten. Als wir dies bejahten, deutete sie auf das Wasser, erhob wie warnend den Finger und wiederholte mehrmals das Wort „Ngandu"; darauf watete sie sacht und lautlos in den Creek hinein, wir folgten ihr und erreichten nach wenigen ruhigen Stößen glücklich das andre Ufer. Hätten wir gewußt, was wir später erfuhren, daß das Wort „Ngandu" in der Sprache der Kongoneger Krokodil bedeutet, und daß das Mädchen uns darauf aufmerksam machen wollte, daß der große Fluß und seine Creeks von diesen Reptilen wimmelte, dann hätten wir unsre Schwimmfahrt, so kurz sie auch war, nicht so ruhigen Gemütes unternommen.

Es war jetzt im Walde so finster, daß wir kaum die schlanke dunkle Gestalt unserer voranschreitenden Führerin in Sicht behalten konnten. Gelegentlich drang das Geschrei der Verfolger herüber, bald ferner, bald näher; zuweilen hörten wir sogar das Rauschen und Knacken des Buschwerks, durch das die Neger in ihrer wilden Hast sich drängten. Ohne Aufenthalt ging es weiter, mit pochendem Herzen, fliegendem Atem und schmerzenden Gliedern, bis unser angstvoll lauschendes Ohr

nichts mehr vernahm als die Stimmen des nächtlichen Waldes.

Nach unsrer Schätzung mußten wir volle zehn
Seemeilen zurückgelegt haben, da blieb unsre
Befreierin endlich stehen; auf ein Zeichen von
ihr warfen wir uns am Fuße eines Baumes nieder
in das hohe Gras und die dichten Farne und waren trotz der Schmerzen, die unsre Wunden uns
verursachten, in wenigen Augenblicken fest
eingeschlafen.

Mit Tagesanbruch erwachten wir wieder, richteten uns auf und blickten um uns. Unsre Führerin war verschwunden.

Wir empfanden ein tiefes Bedauern; gern hätten
wir dem guten Geschöpf gedankt für alles, was sie
für uns getan hatte. Außerdem aber sagten wir uns,
daß sie durch unsre Befreiung die Rache ihres
Stammes über sich heraufbeschworen habe, daß sie,
als sie den Creek durchschwamm, jede Verbindung
mit den Ihrigen abgebrochen und ihr Geschick
gänzlich mit dem unsrigen verknüpft habe.

Trotzdem schien es jetzt, als habe sie uns nur
vorläufig an einen sichern Ort bringen wollen und
sich nun wieder auf den Rückweg begeben, in der
Hoffnung, jeden Verdacht von sich abwälzen zu
können.

Wir redeten noch eine Weile hin und her und beschlossen dann, uns zunächst nach Wasser umzuse-
hen, denn der Durst begann uns zu plagen.

Kaum hatten wir einige Schritte getan, da trug der frische kühle Morgenwind den Ruf einer klaren melodischen Stimme zu uns herüber, und mit frohem Erstaunen nach der Richtung ausschauend, sahen wir bald unsre schwarze Diana auf uns zugeeilt kommen, eine kleine tote Antilope bei einem Bein hinter sich herziehend.

Sie hatte uns also doch nicht im Stich gelassen; sie hatte im Gegenteil wahrscheinlich einen großen Teil der Nacht damit zugebracht, die Antilope zu belauern und zu fangen, um uns das Fleisch zum Frühmal zu verschaffen.

Mit fröhlichem Lachen zeigte sie uns ihre Beute, und dann ging sie daran, „klar Deck" zu machen, um einen freien Platz für das Feuer zu schaffen. Wir halfen ihr nach unsern schwachen Kräften das lange Gras und die hohen Farnkräuter zu beseitigen; als dies geschehen war, suchte sie sich zwei dürre Aststücke, in deren einem ich ein Loch gewahrte. Darauf sammelte sie ein Häuflein trockner Blätter, Gräser und Zweige, kniete nieder, steckte das spitzige Ende des einen Holzstückes in das Loch des andern, setzte das Holz zwischen ihren Händen in schnelle, quirlende Bewegung, bis durch die Reibung zunächst ein dünner Rauch und schließlich eine kleine Flamme erzeugt wurde. Auf diese Weise zündete sie unser Bratfeuer an, ein Kunststück, das ich später oft selber versucht habe, das mir aber nie gelungen ist.

Inzwischen hatten Langfeld und ich unsre Messer zur Hand genommen und das Wild abgezogen und zerlegt, und gar bald zischten und bruzzelten einige saftige Fleischstücke an Zweigen als Bratspießen über dem Feuer. Jetzt lieh Diana sich mein Messer und verschwand damit im Dickicht. Nach einer kleinen Weile erschien sie wieder, einen großen, frisch ausgehöhlten Kürbis im Arm, den sie mit klarem kaltem Wasser gefüllt hatte.

Das Mahl mundete uns herrlich. Langfeld trank allerdings mehr als er aß; er klagte nicht, aber sein blasses, abgefallenes Antlitz, seine geröteten Backenknochen und der Fieberglanz seiner Augen verrieten, daß es hohe Zeit war, nach seinen Wunden zu sehen, wenn er nicht ernstlich erkranken und wohl gar hier im Walde liegen bleiben sollte.

Unsre Freundin sorgte jedoch, daß wir nicht in Trübsinn verfielen. Wie alle ihres Geschlechts, redete sie gern und viel, und so verwickelte sie uns bald in die lebhafteste Unterhaltung. Sie begann damit, sich uns gewissermaßen vorzustellen. Eben hatte sie einen Bissen Fleisch auf einen langen Dorn gespießt, als ihr diese Notwendigkeit wohl einfallen mochte. Sie hielt mit dem Essen inne, deutete auf sich und sagte: „Mono"; dann tippte sie Langfeld und mir auf die Brust und sagte: „Ingei"; „Ingei".

Wir nickten ernsthaft, zum Zeichen, daß wir sie verstünden, oder wenigstens zu verstehen glaubten. Darauf deutete sie abermals auf sich und sagte: „Mono Lubemba".

„Also Lubemba heißt sie", sagte Langfeld zu mir. „Das „Mono" soll „ich" bedeuten, das ist mir wenigstens ganz klar. Lubemba klingt gut, hm, kein übler Name; darin liegt mehr Musik als in Grete, Guste, Liese, Fieken, Rieke und wie unsre Deerns daheim sonst noch heißen."

Darauf ergriff er mit höflicher Verbeugung des Mädchens Hand und sagte. „Ich freue mich aufrichtig, Sie kennen gelernt zu haben, Fräulein Lubemba."

Er sagte dies natürlich nicht auf Englisch, sondern in unsrer Muttersprache und mit seinem freundlichsten Lächeln.

Sie hatte ihn zuerst unsicher und fragend angesehen, als er aber die ihr unverständliche Rede mit ihrem Namen schloß, da lachte sie fröhlich auf.

Glücklich über ihren Erfolg fuhr sie nun in der Unterhaltung fort. Sie deutete auf sich, wiederholte ihren Namen, legte dann Langfeld den Finger auf die Brust und fragte:

„Ingri?"

Ihre Absicht war so klar und deutlich, daß der Leutnant ohne Zögern und mit einer abermaligen Verbeugung antwortete:

„Robert Langfeld, zu dienen."

„Lobalangfelsudi", wiederholte sie mit erstaunt geöffneten Augen, denn sie hielt dies ohne Zweifel für einen ganz außerordentlichen und merkwürdigen Namen.

Wir mußten lachen, was sie anfangs ein wenig bekümmert zu machen schien; bald aber lachte sie herzlich mit.

„Nein, nein", sagte der Leutnant, „das ist nicht richtig, Fräulein, Sie haben's nicht getroffen. Passen Sie auf - Robert heiße ich, Robert."

„Loba", sprach sie ihm nach, „Loba."

Und nach einigen vergeblichen Versuchen, sie eines Besseren zu belehren – sie war, wie viele Völkerstämme, nicht fähig das „r" auszusprechen – mußte er zufrieden sein, sich fortan von ihr Loba nennen zu lassen.

Darauf wendete sie sich mit derselben Frage an mich:

„Ingri?"

„Paul", antwortete ich.

Diesen Namen wiederholte sie ganz richtig, und um zu zeigen, daß sie alles gut verstanden hatte, deutete sie abwechselnd auf Langfeld, mich und sich selber und sprach dabei immer den Namen der Person aus, die sie mit dem Finger berührte.

Nach beendetem Frühmal kümmerten wir uns endlich allen Ernstes um unsre Wunden. Zunächst brauchten wir Wasser, viel Wasser. Nicht ohne Schwierigkeit machte ich Lubemba mit unsern Bedürfnissen bekannt. Als sie begriffen hatte, um was es sich handelte, bedeutete sie uns, daß sie uns zu einem nicht weit entfernten Bach führen wolle. Wir machten uns sogleich auf den Weg. Lubemba nahm einen angeglühten Ast aus dem Feuer mit, den sie durch Schwenken brennend erhielt.

Der Weg zum Wasser war bald zurückgelegt - zum Glück, denn es entging mir nicht, daß Langfeld mehr als je unter seinen Verletzungen litt. In einer kleinen, dicht umbuschten Talsenkung fanden wir ein Felsenbecken voll klaren, kühlen Wassers, in das sich ein kleines Bächlein ergoß. Hier reinigten wir unsre so lange vernachlässigten Wunden sorgfältig und gründlich, und dann gingen wir an das Anlegen von Verbänden. Bei den Waschungen war Lubemba uns nach besten Kräften behilflich, als es aber ans Verbinden ging, da konnte sie uns nichts mehr nützen, was ihr sehr zu Herzen ging. Wir waren gezwungen, unsre Hemden, als das einzige Leinen in unserm Besitz, in Bandagen zu verwandeln; die arme Lubemba aber hatte kein Leinen zu opfern, auch kein andres Kleidungsstück, das der Rede wert war.

Der Anzug der Kongodame bestand damals aus einer Art von Röckchen, das eigentlich nichts war als ein Gurt, von dem eine große Menge von zwölf Zoll langen Schnüren mit daraufgereihten Fruchtkernen, Glasperlen und andern kleinen Dingen dicht herabhingen. Dazu trug Lubemba einen zwei Zoll breiten Reif von gelbem Metall um Kopf und Stirn, der sehr künstlich mit durchbrochener Arbeit

verziert war; ähnliche Reifen umgaben ihre Ober-
arme, an jedem Handgelenk klirrten vier oder fünf
massive, schön gearbeitete Armbänder, und um
jeden ihrer Knöchel lag ein gleicher Schmuck.
Hierzu kamen schwere Ohrringe, die das Ohr, das
sonst sehr niedlich gewesen wäre, durch die lang
herabgezogenen Ohrläppchen häßlich entstellten.
Zuerst hatte ich alle diese Metallgegenstände für
Messing gehalten, jetzt, bei Tageslicht, aber erkannte ich in ihnen reines, gediegenes Gold.

Sogleich bei unsrer Ankunft an dem Wasser-
becken hatte Lubemba ein neues Feuer augezün-
det, und als sie uns nicht mehr behilflich zu sein
brauchte, war sie in den Wald gegangen, aus
dem sie nach Verlauf einer Stunde mit drei langen, dünnen Bambusschäften und drei mit den
Wurzeln ausgehobenen Baumstämmchen zurückkehrte. Alles dieses steckte sie sogleich ins
Feuer und arbeitete wohl eine Stunde daran herum, bis sie aus den Bambusschäften drei sehr
brauchbare Lanzen oder Wurfspieße hergerichtet
und die Stämmchen in drei Keulen verwandelt
hatte. Jedem von uns schenkte sie einen Speer
und eine Keule, die übrigen Waffen beihielt sie
für sich.

So ausgerüstet, waren wir nunmehr bereit, unsre
Wanderung fortzusetzen. Selbstverständlich lag
uns alles daran, sobald als irgend möglich wieder
an Bord unsres Schiffes zu gelangen, und Langfeld

unternahm es, Lubemba von dieser unsrer Absicht in Kenntnis zu setzen.

Das führte zu allerlei komischen Szenen, aber zuletzt hatten seine Bemühungen doch den gewünschten Erfolg, und mit frischem Mut begaben wir uns wieder auf den Marsch.

———————

Achtes Kapitel

In der Hütte am Bach. – „Treu bis in den Tod!" –
Trauer um Lubemba. – Don Manuel Carnero. –
Ein gastlicher Nothafen. – Sennor Garcia Ribera.
– Abermals auf hohem Wipfel. – Ein „bösartiger"
Schoner. – Der „Wolf" in Sicht.

Die Sonne stand auf ihrer Mittagshöhe, die Hitze war fast unerträglich geworden. Die frischen Winde des Morgens hatten sich längst gelegt, die Atmosphäre zitterte unter den brennenden Strahlen der Sonne.

Weit und breit regte und zeigte sich kein Tier, kein Vogel, kein Insekt. Das Gras, die Blumen, die Baumblätter, die Girlanden der Schlingpflanzen standen und hingen so regungslos, als wären sie aus Eisen geschnitten.

Die Luft war mit hundert betäubenden Wohlgerüchen angefüllt; eine Todesstille herrschte. Es war die Schweigestunde der Natur, die Stunde der größten Hitze; die kurze Zeitspanne der Tagesmitte, zu der alle lebenden Wesen die geschütztesten Orte, die dunkelsten und kühlsten Schattenwinkel aufsuchen; die einzige von all den vierundzwanzig Stunden, während welcher völlige, tiefste Ruhe über dem afrikanischen Walde liegt.

Wir aber gönnten uns noch keine Rast; unter Lubembas Führung verfolgten wir in westlicher Richtung unsern Weg durch den grünen Waldesschatten, oft mühevoll Dickicht und Dornen durchbrechend, bis die sich zum Untergang neigende Sonne uns erinnerte, einen Ruheplatz für die Nacht zu suchen. Wir fanden ihn am Rande einer Lichtung. Während Lubemba ging, für des Leibes Nahrung zu sorgen, sammelten wir Holz für das Feuer. Kaum hatten wir den nötigen Vorrat beisammen, da war sie auch schon wieder da und brachte drei graue Papageien, zwei grüne Tauben und einen Kürbis voll Wasser. Damit stillten wir reichlich Hunger und Durst.

Darauf streckten wir uns in das lange Gras zum Schlafe nieder, der auch, was Langfeld und mich betraf, nicht lange auf sich warten ließ, da wir völlig erschöpft waren.

Am nächsten Morgen entdeckte ich zu meinem größten Schrecken, daß mein Leidensgefährte über Nacht ernstlich krank geworden war. An eine Fortsetzung unsres Marsches konnte daher nicht gedacht werden. Lubemba, deren Besorgnis nicht geringer war, als die meine, erkannte sehr bald, was hier vor allem nötig war; sie eilte davon, um einen geeigneteren Aufenthaltsort für unsern Kranken ausfindig zu machen. Sie brauchte nicht lange danach zu suchen.

Unser neuer Lagerplatz war ein grünes waldfreies Stück Land, ungefähr zehn Morgen groß, durch das sich ein munter plätschernder Bach in vielen Windungen hinzog. An diesem Bache errichteten wir unsern Wohnsitz, wobei Lubemba die Leitung übernahm. Sie schaffte eine große Anzahl bambusartiger Rohrschäfte herbei, die auf eine Länge von fünfundzwanzig Fuß zugeschnitten, an beiden Enden zugespitzt und dann so in die Erde gesteckt wurden, daß ein halbkugelförmiges, bienenkorbartiges Bauwerk entstand, das zum Abschlusse mit großen Palmblättern dicht bedeckt wurde. Wir arbeiteten den ganzen Tag mit unermüdlichem Eifer, so daß wir bei Sonnenuntergang unsern Patienten in die Hütte betten konnten.

Die Nöte, Kümmernisse und Sorgen, welche die nächsten beiden Wochen Lubemba und mir brachten, sind nicht zu beschreiben. Langfeld war völlig hilflos und lag den größten Teil dieser Zeit in Fieberrasereien. Und uns, seinen Pflegern, fehlte jegliche Erfahrung. Die Natur mußte sich also hier selbst helfen. Vierzehn Tage lang schwebte unser Patient zwischen Leben und Tod, und alles, was wir ihm zur Linderung seiner Leiden bieten konnten, waren Früchte und Wasser.

Ich wußte nicht viel mehr von ihm, als daß er mein Landsmann war, und daß ich ihn als meinen Vorgesetzten, als den ersten Leutnant der Korvette „Wolf", kennen gelernt hatte. In jener Nacht aber, die uns in Gefangenschaft und Todesgefahr eng zusammengebracht hatte, erkannte ich so viel gute und edle Eigenschaften in ihm, daß ich ihn von Herzen liebgewinnen mußte. Und nun lag er da und rang mit dem tödlichen Fieber, und ich konnte nichts tun, um seine Leiden zu lindern.

Aber seine Jugendkraft half ihm, sie allein trug endlich den Sieg über die tückische Krankheit davon. Groß war meine und Lubembas Freude, als er uns eines Morgens wieder erkannte und bei Namen nannte. Langsam aber sicher schritt die Genesung von nun an vorwärts.

Vierzehn Tage später kehrte ich von einer Streife durch den Wald zurück, wo ich Früchte gesammelt hatte. Ich mochte noch tausend Schritte von der Hütte entfernt sein, da gewahrte ich vor mir einen Neger, der vorsichtig von Baum zu Baum schlich, sich dabei aber direkt auf die Hütte zubewegte. Das erschien mir verdächtig, und ich beobachtete ihn, indem ich ebenfalls hinter den Stämmen Deckung suchte. Er war mit vier breitspitzigen Speeren bewaffnet, kam also sicher nicht in friedlicher Absicht. Ich suchte ihm näher zu kommen, das gelang mir aber erst, als er die Hütte in Sicht gekriegt hatte und sich nun hinter einem Gebüsch niederduckte. Ich schlich mich bis auf zwanzig Schritt an ihn heran und erkannte nun auch den Grund des Zögerns. Unter dem erst seit Langfelds Besserung von uns über dem Hütteneingang angebrachten Vordach saßen der Patient und Lubemba in ruhiger Unterhaltung; der schleichende Neger durfte sich also nicht weiter vorwagen, wenn er nicht auf der freien Strecke zwischen Hütte und Wald gesehen werden wollte.

So kauerten wir beide regungslos eine volle halbe Stunde; der Wilde hatte seine ganze Aufmerksamkeit so ausschließlich dem Paar unter dem Vordach zugewendet, daß er nichts davon ahnte, wie scharf auch er selbst beobachtet wurde.

Endlich erhob sich Langfeld und begab sich, auf Lubembas Schulter gestützt, in die Hütte, denn die Sonne war bereits im Untergehen.

Der Wilde verharrte noch einige Minuten länger hinter seinem Busch, dann sprang er auf und rannte in voller Fahrt auf die Hütte zu. Ich jagte hinter ihm drein.

Als ich den Rand des Waldes erreichte, war er fünfzig Schritt vor mir. Jetzt packte mich die Furcht, daß er Böses im Schilde führen könne, und ich bedauerte, mich nicht schon vorher an ihn herangemacht zu haben. In dem Bestreben, ihn aufzuhalten, stieß ich einen lauten Ruf aus. Er blickte rückwärts, sah sich verfolgt und rannte mit noch größerer Hast der Hütte zu.

Auf meinen Ruf war Lubemba im Eingang erschienen; als sie den heranstürmenden Wilden erblickte, stieß sie einen schwachen Schrei aus, erhob abwehrend die Hände und rief ihm einige Worte zu, die ich nicht verstand. Er achtete nicht darauf, sondern stürzte mit drohend erhobenem

Speer auf sie zu. Wenige Sekunden später hatte er die Hütte erreicht und wollte sich nun den Eingang erzwingen.

Lubemba versuchte, ihn zurückzuwerfen; einen Moment rangen sie miteinander, dann tat er einen Schritt rückwärts, erhob mit wildem Schrei den Speer und stieß die breite Spitze desselben dem wackeren Mädchen tief in die Brust. Sie wankte, taumelte zurück und sank mit dem klagenden Ruf „Loba! Loba!" im Innern der Hütte nieder.

Der Wilde ließ den zitternden Speer im Körper der Unglücklichen stecken, griff nach einem andern, wendete sich gegen mich und nun erkannte ich in ihm unsern Feind, den Fetischpriester aus Lubembas Dorf. Ich war bis auf Armeslänge vor ihm angelangt; er führte einen wütenden Stoß gegen mich, den ich jedoch mit dem Stiel meiner Waffe glücklich parierte. Dann aber sprang ich auf ihn los und versetzte ihm mit der schweren, knotigen, im Feuer gehärteten Keule einen solchen Schlag auf den Kopf, daß sein Schädel wie ein Ei zerbrach und er wie vom Blitz getroffen tot zu meinen Füßen niederstürzte.

In der Hütte sah ich Langfeld auf den Knieen neben der regungslos am Boden liegenden Lubemba.

„Zu spät, Wetter", sagte er mit bebender Stimme; „Sie kamen zu spät, Sie konnten sie nicht mehr retten. Nur wenige Sekunden früher – – –

„Sie ist tot – Sehen Sie, diese fußlange, breite eiserne Speerspitze ist ihr mitten durch's Herz gegangen, durch das arme, liebe, treue Herz! Wahrlich, Wetter, sie ist treu gewesen bis in den Tod, denn für mich ist sie gestorben, mein Blut war es, nach dem der Mörder lechzte. Sie haben ihn ohne Zweifel auch erkannt, es war der Fetischmann aus dem Dorfe. Er wollte uns seiner Rache nicht entrinnen lassen und ist unsern Spuren gefolgt. Die Arme hier hat seine Absicht erkannt, sie wollte mich verteidigen und hat dabei ihr eigenes Leben hergeben müssen – – Gottes Wille geschehe. Uns bleibt nur noch die Pflicht, dafür zu sorgen, daß ihre irdischen Reste nicht den wilden Tieren zur Beute werden. Aber wie sollen wir das ausführen?"

Diese Frage war bald entschieden. Spaten oder ähnliche Werkzeuge vermochten wir nicht herzustellen, aber wir hatten die Speere des Mörders, mit deren breiten und starken Klingen sich wohl eine Grube herstellen ließ. Ich machte mich in einiger Entfernung von der Hütte sogleich an die Arbeit; das Erdreich war hier besonders weich und ich grub mit solchem Eifer, daß ich lange vor Tagesanbruch zwei Gräber ausgeworfen hatte, ein tiefes für Lubemba und ein flaches für den Fetischmann. Den Kadaver des letzteren hätten wir am liebsten den Aasgeiern überlassen, aber wir fürchteten den Verwesungsgeruch, und da ich nicht Lust hatte, ihn weit fortzuschleppen, zog ich es vor, ihn einzuscharren.

Als die Sonne aufging, senkten wir Lubemba in ihre Gruft. Den Hügel türmte Langfeld ganz allein über dem Grabe, obgleich er sich vor Schwäche kaum auf den Füßen halten konnte. Das sei er dem lieben Mädchen schuldig, sagte er. Dann setzten wir uns unweit des Grabes auf einen Stein nieder und überließen uns unsern schmerzlichen Gedanken.

Lubembas Tod war ein schwerer Verlust für uns. Sie war so freundlich, so heiter, so hilfsbereit und, namentlich während „Lobas" Krankheit, so liebevoll, so sanft und geduldig, so voll von Teilnahme und so unermüdlich fürsorglich gewesen, daß unbewußt eine innige Bruderliebe für sie in uns erwacht war. Ich erinnerte mich der zahllosen Dienste, die sie uns während unsrer Wanderung erwiesen hatte, vor allem aber des großen Mitleids, das sie getrieben hatte, ihre Heimat, ihre Angehörigen und ihr Volk freiwillig und für immer zu verlassen, um zweier unglücklicher Fremden willen, die obendrein noch einer ganz andern Rasse angehörten. Und als Dank dafür mußte ihr solch ein grauses Geschick widerfahren! Mir war, als müsse mir vor tiefem Weh das Herz brechen.

Der Leutnant zitterte vor Schwäche und Schmerz, und zuletzt lehnte er den Kopf an meine Schulter und weinte wie ein Kind.

Das traurige Ereignis übte eine so niederdrü-ckende Wirkung auf das Gemüt meines Gefährten aus, daß seine Genesung dadurch sehr verzögert wurde; es verging noch eine ganze Woche, ehe er soweit hergestellt war, daß wir unsre Wanderung wieder aufnehmen konnten. Viel Vorbereitungen hatten wir nicht zu treffen, und so verließen wir an einem wunderschönen Morgen mit wehmüti-gen Gefühlen unsre Hütte und machten uns auf den Marsch.

Wir kamen nur langsam vorwärts, weil Lang-feld noch sehr schwach war, aber wir hatten es jetzt auch nicht so eilig wie ehedem. Unsre Schiffsmatten hielten uns schon längst für tot, und der „Wolf" war, aller Wahrscheinlichkeit nach, wieder aus dem Kongo hinausgesegelt und hunderte von Seemeilen entfernt auf hoher See.

Am fünften Tage erreichte unsre Wanderung ganz unerwartet ihr vorläufiges Ende. Wir stie-ßen am Fuße einer Hügelkette auf eine mensch-liche Niederlassung und zwar, den Gebäuden nach zu urteilen, auf den Wohnsitz zivilisierter Leute.

Die Ansiedlung lag in einem von bewaldeten Höhenzügen umschlossenen Tal, das sich in nördlicher Richtung gegen den großen Strom, den Kongo, öffnete. Das Gelände befand sich unter sorgfältiger Kultur, es war in regelmäßigen Abteilungen mit Obstbäumen verschiedener Art wie Pfirsichen, Orangen, Bananen usw. bepflanzt, auch gewahrten wir eine Kaffeeplantage.

In der Mitte dieser Pflanzungen stand, umgeben von einem schönen Blumengarten, ein sehr ansehnliches Haus. Wir zögerten nicht, darauf loszusteuern und hatten das Glück, unter den Obstbäumen dem Eigentümer des Besitztums zu begegnen, einem sehr stattlichen Herrn mit kurzgeschnittenem weißem Haar und Bart, Antlitz, Hals und Hände dunkel gebräunt von der Sonne versengenden Strahlen. Er war in weißen Flanell gekleidet, sein Haupt beschützte ein Grashut von feinstem Gewebe und mit sehr breiter Krempe, und an den Füßen trug er Schuhe von weichem ungegerbtem Leder.

Als er unsrer ansichtig ward, trat er im ersten Erstaunen einen Schritt zurück, dann aber kam er uns entgegen und begrüßte uns höflich auf Spanisch. Weder Langfeld noch ich verstanden ein Wort von dieser Sprache, daher beantwortete der Leutnant den Gruß auf Französisch. Der alte Herr schüttelte den Kopf, anscheinend ein wenig verdrossen, worauf der Leutnant ihn auf Englisch anredete, von der richtigen Voraussetzung geleitet, daß unsre deutsche Muttersprache noch nicht bis zum Kongogestade gedrungen sei.

Das Gesicht des Spaniers hellte sich wieder auf.

„*Welcome, gentlemen, Welcome!*" rief er; „ich bin froh, sehr froh sogar, daß Sie keine Franzosen sind! Erweisen Sie mir die Ehre, mein Haus und alles was darin ist als das Ihrige zu betrachten. Ich nehme mit Betrübnis wahr, daß Sie von Mißgeschick heimgesucht worden sind, aber wenn Sie ihm gestatten, wird Don Manuel Carnero versuchen, Ihnen nach besten Kräften beizustehen. Sie haben augenscheinlich viel Not, Drangsal und Ungemach ausgestanden und bedürfen vor allem ärztlicher Pflege und der notwendigen Kleidung. Zum Glück kann ich Ihnen mit beidem dienen. Kommen Sie, Gentlemen, erlauben Sie mir, Sie in mein Haus zu geleiten."

An der Tür angelangt, trat er vor uns schnell hinein, drehte sich dann herum und hieß uns noch einmal herzlich willkommen unter seinem Dache. Dann rief er mit schallender Stimme den Namen Pedro in das Haus hinein, worauf ein alter Diener erschien, dem er auf Spanisch einige Weisungen erteilte. Pedro, der ein viel zu wohlerzogener Diener war, um auch nur das geringste Erstaunen über unsre verkommene und zerlumpte Erscheinung zu zeigen, führte uns zu zwei kleinen Gemächern, verbeugte sich tief als wir hineingingen und machte respektvoll die Türen hinter uns zu.

Ich fand in meiner Stube Bett, Waschtisch und alles, was in einem zivilisierten Lande zu einem Fremdenzimmer gehört. Ich setzte mich in einen bequemen Bambusstuhl, blickte mit einem Gefühl unbeschreiblichen Behagens um mich und pries unser gutes Geschick, das uns solch einen gastlichen Nothafen hatte finden lassen. Da klopfte es; auf meinen Hereinruf erschien Pedro mit Kleidungsstücken, die er auf dem Bett ausbreitete; es fehlte nichts, was zu einer vollständigen Auftakelung gehörte.

Dieser Anzug und selbstverständlich eine gründliche Waschung machten einen ganz neuen Menschen aus mir. Zum ersten Mal, seit wir von Bord der Korvette gingen, befand ich mich wieder in guter Stimmung und Verfassung.

Eine Tür führte aus meiner Stube in die des Leutnants; ich ging hinein, mich ihm zu zeigen, und fand ihn im Begriff, unter Pedros Beistand langsam und mühevoll die Kleider anzulegen, die der Hausherr auch ihm gesandt hatte. Dieser hatte auch seine Wunden sorgfältig untersucht und sachgemäß verbunden, und so blickte auch er, als Pedro uns verließ, wieder einigermaßen frisch und munter aus seinen Augen.

„Sind Sie das wirklich, Freund Wetter?" sagte er, als ich mich vor ihn hinstellte. „Was so ein paar Lappen nicht ausmachen. Jetzt sind Sie wieder gut für mindestens ein Duzend toter Sklavenräuber."

„Dasselbe kann ich auch von Ihnen sagen", erwiderte ich. „Ich freue mich von Herzen über Ihr gutes Aussehen und hoffe inständig, daß Ihre Wunden baldigst ganz geheilt sein möchten."

„Danke, Schiffsmaat", sagte er. „Ja, ich fühle mich wirklich wieder wie frisch verkupfert und gelabsalbt. Don Manuel hat mich so tüchtig bepflastert und beschmiert, daß ich wieder beinahe so gut wie neu bin. Aber sagen Sie mir, Mensch, ist denn das auch alles Wirklichkeit, oder träume ich nur? Sind wir tatsächlich wieder unter christlichen Menschenbrüdern, in einem richtigen Hause mit festem Dach, wo wir, wie es scheint, uns vielleicht noch mancher Vorzüge der Zivilisation zu erfreuen haben werden?"

Ehe ich darauf erwidern konnte, kam Pedro, um uns zu Tisch zu rufen.

Don Manuel erwartete uns in einem reich ausgestatteten Zimmer, in dessen Mitte die gedeckte Tafel stand. Er begrüßte uns wieder mit vornehmer Höflichkeit und fügte dann hinzu:

„Erlauben Sie mir, Gentlemen, Ihnen meine Tochter Antonia vorzustellen, die einzige, die das Geschick mir von meiner ganzen Familie gelassen hat."

Es war eine junge Dame von großer Schönheit, die sich bei diesen Worten aus einem Sessel erhob und die unsre Verbeugungen mit graziösem Kopfneigen erwiderte und uns in gebrochenem Englisch willkommen hieß.

Aus der Unterhaltung bei Tische erfuhren wir Näheres über die Persönlichkeit unsers Gastfreundes. Er war ein Naturforscher und ein unabhängiger, wohlhabender Mann; er hatte sich hier am Ufer des Kongo niedergelassen, um die Fauna und Flora dieser nur wenig bekannten Region in Ruhe und Muße erforschen und studieren zu können, und nebenbei machte er gelegentlich allerlei Geschäfte, sowohl mit den Weißen, die in den Fluß einliefen, als auch mit den Eingeborenen.

Als Leutnant Langfeld erzählte, daß wir englische Seeoffiziere seien und dann berichtete, was uns widerfahren war, seit wir die Korvette verlassen hatten, da glaubte ich ab und zu einen Ausdruck von Unruhe in Don Manuels Zügen wahrzunehmen, als fürchte er, daß ihm Unannehmlichkeiten durch die an uns geübte Gastfreundschaft entstehen könnten.

Donna Antonia dagegen lauschte mit gespanntem Interesse und großer Teilnahme, nur für die gute Lubemba schien sie nicht die geringste Neigung zu fühlen, sogar das tragische Ende des armen Negermädchens ließ sie gänzlich kalt.

Während Langfeld, noch der Ruhe und Schonung bedürftig, zu Hause blieb und sich der Unterhaltung Antonias widmete, folgte ich mit Vergnügen der Aufforderung Don Manuels, ihn auf den häufigen Ausflügen zu begleiten, die er unternahm, um Material für seine Studien zu sammeln, und da wir gelegentlich auch Wild für die Küche beschaffen mußten, hatte er mir eine seiner trefflichen Büchsflinten zur Verfügung gestellt.

Eines Abends fanden wir bei unsrer Rückkunft einen Mann im Hause, der Don Manuel erwartet hatte und anscheinend ein intimer Bekannter der Familie war. Mir fiel zunächst sein phantastischer Anzug auf, der in einer kurzen blauen Jacke mit goldenen Knöpfen, schneeweißem Hemd, ebensolchen Hosen, breiter rotseidener Schärpe, rotseidener Kappe mit langer Troddel und Segeltuchschuhen an den nackten Füßen bestand. Aus den Falten der Schärpe ragte der goldbeschlagene Horngriff eines Dolches hervor.

Er war ein Spanier, braun von Haut und pechschwarz von Haaren, er hatte stechende, unruhige dunkle Augen und mochte, trotz seines nicht unschönen Gesichtes und seiner staatlichen Figur einen unangenehmen Eindruck auf mich. Don Manuel begrüßte ihn sehr freundlich und stellte ihn sodann Langfeld und mir als Sennor Garcia Ribera [94] vor. Der Mann verbeugte sich kurz und steif, radebrechte ein mürrisches „no speak Inglese", was heißen sollte, daß er kein Englisch verstünde, drehte uns unhöflich den Rücken zu und beschäftigte sich ausgesucht liebenswürdig mit Donna Antonia, der er damit jedoch nichts weniger als einen Gefallen zu erweisen schien.

Später bei Tisch war die Stimmung aller eine unbehagliche und gezwungene, Don Manuel ausgenommen. Der jungen Dame war der neue Gast offenbar unwillkommen, trotzdem bemühte sie sich, seine Schmeicheleien und Huldigungen freundlich entgegenzunehmen, vielleicht, weil er ihres Vaters Gast war, vielleicht auch aus andern Gründen. Dabei warf sie ab und zu einen verlegenen und abbittenden Blick nach der Richtung, wo Leutnant Langfeld seinen Platz hatte.

Sennor Ribera, der ohne Zweifel ein Seemann und wohl gar der Kapitän eines Sklavenschiffes war, blieb auch zur Nacht in Don Manuels Hause und verließ es am nächsten Morgen, ehe Langfeld und ich aufgestanden waren. Als wir auf der das Haus rings umgebenden Veranda erschienen, kam Don Manuel sogleich auf diesen Gast zu sprechen und teilte uns mit, daß derselbe ein Fahrzeug kommandiere, das eine regelmäßige Verbindung mit dem Kongo unterhielt, und daß er einer der wenigen Landsleute sei, durch die er einen gelegentlichen Verkehr mit seinem Heimatlande aufrecht erhielt. Er versuchte auch, das ungeziemende Betragen Riberas uns gegenüber zu entschuldigen, das nur auf Eifersucht zurückzuführen sei. Der Schiffer habe sich bei seinen letzten Besuchen angelegentlich um Donna Antonias Gunst beworben, und da er, wie alle seine Landsleute, sehr eifersüchtig sei, so mochte es ihm wohl gegen den Strich gegangen sein, zwei junge Gentlemen unter demselben Dach mit seiner „Inamorata" vorzufinden.

Als Leutnant Langfeld dies vernahm, richtete er sich stolz und steif empor und sagte, er bedaure,

daß durch unsre Anwesenheit im Hause ein Miß-
ton in eine so delikate Sache gekommen sei. Don
Manuel aber unterbrach ihn mit der Versicherung,
daß er Sennor Ribera als guten Bekannten zwar
nach Verdienst schätze, daß derselbe aber nicht der
Mann sei, dem er das Glück seiner Tochter anvertrauen möchte. Worauf der Leutnant sich beruhigte
und sich mit einem Buche niedersetzte, um die
spanische Sprache daraus zu erlernen. Don Manuel
und meine Wenigkeit aber trotteten mit Flinte,
Botanisiertrommel und Schmetterlingskescher
wieder in die freie Natur hinaus.

Bei unsrer Heimkehr hatten wir wieder das
Vergnügen den eifersüchtigen Schiffer zu begrü-
ßen und abermals einen ungemütlichen Abend
über uns ergehen zu lassen. Dasselbe geschah am
nächsten Tage, dann aber ließ Sennor Garcia Ribera sich vorläufig nicht mehr sehen, da er wohl
erkannt hatte, daß seine Besuche nicht erwünscht
waren.

Um dieselbe Zeit bekam Don Manuel infolge
eines Insektenstiches eine böse Hand, wodurch er
verhindert wurde, das Haus zu verlassen. Ich benutzte die Gelegenheit, um auf eigene Faust eine
Entdeckungfahrt in die Nachbarschaft zu unternehmen. Wir hatten Don Manuel gleich im Anfang
davon in Kenntnis gesetzt, daß wir den „Wolf" in
nicht zu langer Zeit wieder im Kongo zu finden
erwarteten, und daß wir dann alles aufbieten müß-

ten, wieder an Bord zu gelangen. Er versprach uns seinen Beistand und wollte auch selbst bestrebt sein, das Einlaufen der Korvette rechtzeitig in Erfahrung zu bringen. Gegenwärtig war er daran verhindert, daher wollte ich mich auf meinem Ausfluge allein davon zu überzeugen suchen, ob der „Wolf" vielleicht bereits im Kongo ankere, oder aber draußen auf See in Sicht sei.

Das Auftauchen des spanischen Schiffers bei Don Manuel hatte mich sogleich auf den Gedanken gebracht, es müsse in der Nähe von des letzteren Besitztum ein schiffbarer Creek vorhanden sein, in dem Riberas Fahrzeug liege; jetzt wollte ich auch dies festzustellen suchen. Ich hätte unsern Gastfreund darum befragen können; der hatte jedoch stets eine so eigentümliche Zurückhaltung beobachtet, so oft zwischen uns die Rede auf Ribera kam, daß ich es für richtiger hielt, persönlich zu erkunden, was ich wissen wollte.

Ich hing das Gewehr über den Rücken und machte mich auf den Weg. Eine halbe Seemeile vom Hause erhob sich die bewaldete Bergkette; um einen Aussichtspunkt zu gewinnen, strebte ich dem höchsten Gipfel derselben zu. Ich erreichte ihn, fand den Wald dort aber so dicht, daß jeder Ausblick versperrt war. Da fielen mir einige besonders hohe Bäume in die Augen und ich erinnerte mich, daß ich vor gar nicht langer Zeit schon einmal auf einen solchen alten Riesen hinaufgeentert war.

Ich ging näher hinzu, fand zu meiner Befriedigung, daß die Bäume zu den Koniferen gehörten, beinahe vom Erdboden an Äste trugen und so leicht zu ersteigen waren, wie die Treppen unsrer Korvette. Nach wenigen Minuten saß ich in der höchsten Spitze des größten dieser Altväter des Waldes und hatte von hier aus einen Rundblick, dessen Radius ich auf mindestens dreißig Seemeilen schätzte.

Den Hauptteil des Panoramas bildete der Kongostrom, der hier über drei Seemeilen breit war, aber der vielen Inseln wegen, die sich in seiner Mitte bis etwa vier Seemeilen weiter flußabwärts entlang zogen, nur ein eigentliches Fahrwasser von kaum einer halben Seemeile Breite aufwies. Ich konnte bis zur Mündung hinausschauen, Shark Point war am westlichen Horizont noch eben erkennbar. Ich war überzeugt, daß an einem klaren Tage und mit einem guten Fernrohr der „Wolf" von hier aus leicht gesichtet werden könnte, wenn er im Banana Creek vor Anker läge.

Nachdem ich diese wichtige Sache festgestellt hatte, richtete ich meine Aufmerksamkeit auf die nächste Umgebung, um den Creek zu suchen, der meiner Ansicht nach hier nicht weit sein konnte. Ich überflog das sich unter mir ausbreitende Meer von Baumwipfeln und entdeckte auch bald einen Gegenstand, der sich wie ein Pfahl oberhalb der Blätterkronen zeigte. Das konnte nichts andres sein, als der Topp eines Mastes; wo ein Mast war, da war auch ein Schiff, und wo das Schiff lag, da mußte der Creek sein. Das in einem so verdächtigen Versteck liegende Fahrzeug konnte nur das unsers unverschämten Freundes Ribera sein; mich packte die Neugier und sofort stand mein Entschluß fest, mir das Ding näher anzusehen. Ich peilte den Topp nach dem Stand der Sonne und stieg in Eile vom Baum herab.

Von meinem Standpunkte mußte das Fahrzeug etwa zwei Seemeilen entfernt sein, von Don Manuels Hause also nur die Hälfte. Ein Marsch von dreiviertel Stunden brachte mich an den Rand eines Mangrovensumpfes , und nun wußte ich, daß der Creek nicht mehr weit sein konnte. Der Weg über die verschlungenen, schlüpfrigen Manarovenwurzeln war halsbrecherisch und beschwerlich, und nahm noch eine weitere Viertelstunde in Anspruch, ehe ich den Creek erreicht hatte.

Und da, drüben auf der anderen Seite, lag auch Sennor Riberas Fahrzeug vor mir. Ich deckte mich hinter einem knorrigen Baumstamm und musterte es mit geradezu hungrigen Blicken. Es war ein ganz allerliebster kleiner Marssegelschoner, der da an den Bäumen vertäut lag, mit grauem Anstrich, sehr hoher Takelung und einem Raumgehalt von ungefähr hundertzwanzig Tonnen. Aber bösartig sah er aus, entschieden bösartig. Manchen Schiffen kann man ihren Charakter auf den ersten Blick ansehen.

Die Mannschaft war gerade damit beschäftigt mit Hilfe von zwei langen Fichtenstämmen einen Steg zwischen Fahrzeug und Land herzustellen. Ich suchte mir hinter meinem Stamm eine bequeme Wurzel aus und setzte mich nieder, fest entschlossen, nicht eher zu weichen, bis ich wußte, woran ich mit dem Schoner war. Den Sennor Ribera sah ich nicht an Bord.

Als der Steg fertig war, lief einer der Matrosen an Land und kehrte bald mit einigen bewaffneten Negern zurück, die eine Schar von Sklaven eskortierten. Die Unglücklichen waren paarweise mit schweren Holzstücken zusammengekoppelt, die man ihnen über das Genick gebunden hatte. Dazu war jeder Sklave mit einem großen oder zwei kleineren Elefantenzähnen bepackt. An Deck angelangt, wurde ihnen das Elfenbein abgenommen, dann trieb man sie in die Luke hinunter und gleich darauf verrieten klingende Hammerschläge die geschäftsmäßige Eile, mit der den bedauernswerten Geschöpfen im Raum die Eisenfesseln angelegt wurden.

Ich hatte dreiundsechzig gefangene Schwarze gezählt, und da der Schoner deren hundertfünfzig fassen konnte, so konnte es noch einige Tage dauern, ehe er vollgeladen war; wir hatten daher mindestens noch einen Besuch Riberas zu überstehen.

Die Schonermannschaft begann jetzt Deck zu waschen, ihre Arbeit für heute war also beendet, ich machte mich daher auf den Rückweg. Plötzlich kam mir der unwiderstehliche Wunsch, noch einmal den Berg und den Baum zu erklimmen, von wo ich am Morgen den weiten Rundblick gehabt hatte. Es war ein beträchtlicher Umweg, allein den scheute ich nicht.

Nach der Sonne war es vier Uhr, als ich abermals unter meinem Observationsbaum stand, und wenige Minuten darauf saß ich wieder in dessen Wipfel. Die Luft war bei dem östlichen Winde zum Glück noch ganz klar; ich suchte die See ab und gewahrte auch bald in südwestlicher Richtung ein Schiff, das unter kleinen Segeln der Küste zusteuerte.

Mein Herz begann freudig zu pochen. Ein Sklavenschiff oder ein gewöhnlicher Kauffahrer wäre unter der ganzen Leinwand, die er setzen konnte, herangekommen, ebenso ein Kriegsschiff, das einen bestimmten Zweck verfolgte; aber auch nur ein Kriegsschiff konnte sich zwei Stunden vor Sonnenuntergang so gemächlich dem Lande nähern.

Der fremde Segler mochte etwa zwanzig Seemeilen von mir entfernt sein, und obgleich er bis jetzt nur als ein weißer Fleck auf dem Hintergrunde der sich am westlichen Horizonte bildenden Dunstbank erschien, so konnte ich doch erkennen, daß er nur seine Marssegel stehen hatte. Was hätte ich jetzt darum gegeben, mein Teleskop bei mir zu haben!

Plötzlich erinnerte ich mich, in Don Manuels Studierzimmer ein Fernrohr in einem Lederfutteral an der Wand hängend gesehen zu haben. Das mußte ich mir holen, um die Nationalität des Fremden erkennen zu können. Erwies er sich als ein Engländer, dann hatten Langfeld und ich die Verpflichtung, uns an Bord zu verfügen.

In höchster Eile kletterte ich den Baum hinab, flog mehr als ich lief zur Plantage und kehrte mit dem Glase auf mein „Krähennest" zurück.

Während der kurzen Zeit meiner Abwesenheit hatte das Schiff seinen Standpunkt erheblich verändert, ein Zeichen dafür, daß es trotz seiner geringen Leinwand ein flotter Segler war. Als ich es jedoch in den Fokus des Glases gebracht hatte, fand ich zu meiner großen Enttäuschung, daß ich es jetzt kaum deutlicher sah, als vorher mit bloßem Auge. Die Ursache war die Beschaffenheit der Luft, die durch die große Hitze außerordentlich verdünnt und in Schwingungen versetzt war, so daß ich die Segel nur als einen zitternden weißen Fleck und darunter den Rumpf als einen zitternden dunklen Fleck erblickte. Dunkle Linien in spiralförmiger Bewegung oberhalb der Segel stellten die kahlen Bram-und Reuelstengen dar. Das war ärgerlich. Die Sonne brauchte noch eine gute Stunde bis zum Untergang. Zu der Zeit, wo sie den Horizont erreichte, mußte das Schiff um sieben oder acht Seemeilen dem Lande näher sein; die Luft wurde inzwischen mit jeder Minute kühler und dichter, und ich konnte hoffen, vor dem Eintritt der Dunkelheit imstande zu sein, die Nationalität des Fahrzeugs und seinen Charakter zu erkennen.

Nach und nach hörten die Schwingungen der Luft auf, das Bild des Schiffes wurde ruhig und deutlich. Das Fahrzeug mußte ich kennen!

Endlich, gerade als der große Feuerball der Sonne mit seinem unteren Rande die purpurne Horizontlinie berührte, ging das Schiff über Stag. Dabei kam mir seine Flagge zu Gesicht, beschienen von den letzten Strahlen der scheidenden Sonne. Im nächsten Moment glitt es anmutig über die goldene Straße, die das sinkende Tagesgestirn auf den Ozean warf; jede Spiere, jedes Tau der Takelung zeichnete sich schwarz und scharf auf dem flammenden Hintergrund ab, die klar umgrenzten [100] Segel erschienen in tiefem Blau, der weiße Gang, der sich um den schön geformten Rumpf herzog, war soeben erkennbar.

Die Sonne verschwand, die Nacht war da, denn in den Tropen gibt es keine Abenddämmerung, kein Zwielicht. Das Schiff war jetzt eine graue Masse auf dem schwarzblauen Hintergrund der See. Ich konnte noch erkennen, wie es seine Marssegel aufgeite, um zu Anker zu gehen. Ich hatte genug gesehen.

Es war der „Wolf".

Ich eilte heimwärts durch den nächtlichen Wald und hatte bald die Pforte des Zaunes erreicht, der Don Manuels Garten umhegte. Hell schienen die Sterne hernieder auf den sandigen Pfad, der zwischen den Kaffeebäumen und dem hohen Gesträuch zu Don Manuels Hause führte.

Da tauchten eine kurze Strecke vor mir zwei Gestalten auf, eine männliche und eine weibliche, die gleich mir dem Hause zugingen. Den Mann erkannte ich an der Figur, es war der Leutnant Langfeld; die Dame konnte niemand anders sein als Donna Antonia. Um nicht neugierig zu scheinen, blieb ich zurück und trat hinter einen Kaffeebusch, um zu warten, bis sie in das Haus gegangen sein würden, und dann erst selber einzutreten.

Plötzlich sah ich dicht hinter ihnen eine Anzahl Männer aus dem Buschwerk kommen und auf dem Wege erscheinen, dessen weicher Sand ihre Tritte unhörbar machte.

Neuntes Kapitel

Ein meuchlerischer Überfall. – Was Leutnant Langfeld mit Don Manuel zu verhandeln hatte. – Abschied. – Im Kanu. – „Sehen sie das Untier, Herr Leutnant?" – An Deck des Schoners. – „Zeigen wir unsern britischen Kameraden, wessen zwei deutsche Seeleute fähig sind." – Wie wir mit dem Schoner davongingen. – Die „Black Queen." – Langseit des „Wolf".

Was hatte das zu bedeuten? Wer waren diese Männer und was führte sie hierher? Ich konnte sie deutlich genug sehen, um zu erkennen, daß sie die Kleider zivilisierter Leute trugen, zum Hause aber gehörten sie nicht. Es waren ihrer fünf, Don Manuel hatte nur zwei Männer in seinem Dienst. Sie erregten durch ihr Benehmen sogleich meinen Verdacht, da sie dem vor ihnen gehenden Paar leise nachzuschleichen schienen. Das Ding gefiel mir ganz und gar nicht. Ich legte das Teleskop auf den Boden, riß mein Gewehr vom Rücken, sprang auf den Weg hinaus und rief:

„Vorgesehen, Herr Leutnant, Sie werden verfolgt!"

Sogleich schrie einer der Kerle auf Spanisch: „Drauf, Leute, gebt's ihm!"

Im nächsten Moment warfen sich die fünf Schurken auf Langfeld und seine Gefährtin; ich hörte des Leutnants zornigen Ruf, den Aufschrei der jungen Dame und das Getümmel eines Handgemenges.

Mit einem „Ich komme!" stürzte ich herzu.

Langfeld wehrte sich mit dem dicken Stock, dessen er noch immer beim Gehen bedurfte, gegen drei mit Messern auf ihn eindringende Kerle. Ich spannte den Hahn meiner Flinte, führte mit dem Lauf einen wütenden Stoß gegen den Banditen, der den Leutnant am heftigsten bedrängte, drückte in dem Augenblicke ab, wo die Mündung den Körper des Meuchlers traf und jagte ihm die ganze Schrotladung in den Leib. Er taumelte rücklings zu Boden und stöhnte:

„Zu Hilfe, Leute! Ich bin geschossen!"

Seine zwei Spießgesellen sprangen auf ihn zu, Langfeld aber und ich eilten nun den andern beiden Halunken nach, die Donna Antonia ergriffen hatten und mit sich fortschleppten. Bald hatten wir sie eingeholt. Einen Wutschrei ausstoßend schlug Langfeld dem nächsten mit solcher Kraft über den Schädel, daß der schwere und feste Stock in seiner Hand zersplitterte und der Getroffene lautlos kopfüber in den Sand stürzte. Als der andere sich zur Wehr setzen wollte, versetzte ich ihm einen Kolbenschlag, der ihm allen Mut nahm; er lief wie ein Hase davon und verschwand in der Dunkelheit.

Donna Antonia lag ohnmächtig neben dem niedergestreckten Räuber. Langfeld hob sie auf, trug sie dem Hause zu und befahl dem auf den Lärm herbeikommenden Pedro, die alte Madre Dolores, Antonias Dienerin, zu rufen. Ich geleitete ihn bis zur Haustür und kehrte dann auf den Gartenweg zurück, um das Teleskop zu holen und zu sehen, ob der Feind endgültig verjagt war. Die Luft war rein, auch der von Langfeld niedergeschlagene Kerl hatte das Weite gesucht.

Endlich im Hause angelangt, fand ich hier alles in Aufregung. Don Manuel der die Hand in der Schlinge trug, befragte den Leutnant eifrig, ob er denn keinen Verdacht habe, wer die Banditen gewesen sein könnten.

„Nicht nur einen Verdacht, sondern beinahe die Gewißheit habe ich, denn den Rädelsführer glaube ich genau erkannt zu haben", antwortete Langfeld, „da kommt Freund Wetter; wir wollen hören, ob dessen Wahrnehmung mit der meinen übereinstimmt. Mr. Wetter, glauben Sie, einen oder den andern der Halunken schon vorher gesehen zu haben?"

„Gewiß", entgegnete ich, „ich müßte mich ganz gewaltig irren, wenn der Mann, der Ihnen so heftig zusetzte und dem ich die Schrotladung in den Leib schoß, nicht der Sennor Ribera gewesen ist."

„Er ist es gewesen", sagte Langfeld. „Ich war meiner Sache gleich auf den ersten Blick gewiß. Ich fürchte, Sie haben sich in dem Menschen getäuscht, Don Manuel."

„Sie haben leider recht", erwiderte der alte Herr, „der Kerl ist ein Schurke, daran ist nicht mehr zu zweifeln. Ich gestehe, daß ich nie viel von ihm gehalten habe, aber einer solchen Nichtswürdigkeit wie die heut Abend von ihm verübte, hätte ich mich doch nicht bei ihm versehen."

„Er hat seinen Zweck zum Glück nicht erreicht", sagte Langfeld vergnügt, „und obendrein von Wetter einen Denkzettel erhalten, den er lange mit sich herumschleppen wird. Aber Sie müssen in der Folge auf Ihrer Hut sein, Don Manuel. Solange wir noch unter Ihrem Dache sind, wird er keinen zweiten Überfall wagen, allein wenn wir Sie verlassen haben werden –"

„Bis dahin wird hoffentlich noch recht viel Zeit vergehen", warf der alte Herr ein. „Aber seien Sie unsertwegen ohne Sorge, Don Robert; ich bin jetzt gewarnt und werde meine Tochter vor jenem Gelichter zu schützen wissen."

Bei Tische berichtete ich meine Tageserlebnisse und überraschte Langfeld durch die Mitteilung, daß der „Wolf" draußen vor der Mündung läge.

„Das ist in der Tat eine wichtige Neuigkeit", sagte der Leutnant, und sich zu Don Manuel wendend fügte er hinzu. „Wir müssen Ihr gastliches Haus noch heut Abend verlassen, denn nunmehr ist es unsre Pflicht, ohne Verzug an Bord der Korvette zurückzukehren. Der Abschied fällt uns beiden schwer, ich für meine Person aber hoffe zuversichtlich, Sie noch oft wiederzusehen. Wenn mein Freund Wetter mit seinen Mutmaßungen in bezug auf Ribera und den Schoner, den er in dem Creek liegen sah, recht hat, dann sollen Sie und Donna Antonia innerhalb der nächsten vierundzwanzig Stunden für immer von dem Hallunken befreit werden."

Don Manuel verneigte sich.

„Wenn Sennor Ribera der Kapitän eines Sklavenschiffes ist", sagte er, „dann lassen Sie sich durch die Tatsache, daß Sie ihn in meinem Hause kennen lernten, nicht zu seinen Gunsten beeinflussen. Sie wollen uns heut noch verlassen. Ich bedaure herzlich, Ihnen dabei nicht so behilflich sein zu können wie ich gern möchte. Ich verfüge nur über ein Kanu, das unten im Creek liegt und Ihnen selbstverständlich zu Diensten steht. Sie sind in der Handhabung solcher Fahrzeuge wahrscheinlich wenig geübt, ich rate Ihnen daher dringend, recht vorsichtig zu sein, denn wenn Sie kenterten, gerieten Sie in die höchste Gefahr, weil sowohl der Creek wie auch der Fluß von Krokodilen wimmeln."

Langfeld nahm das Anerbieten dankbar an, obgleich weder er noch ich jemals zuvor ein Kanu gepaddelt hatten. Nach Beendigung der Mahlzeit bat er den Hausherrn um eine Unterredung unter vier Augen. Don Manuel sah ihn fragend und ein wenig verwundert an, verneigte sich und führte ihn in sein Studierzimmer.

Der Leutnant hat mir nie etwas über den Zweck dieser geheimen Konferenz mitgeteilt; sie währte lange, und als die Herren endlich wieder zum Vorschein kamen, hörte ich, wie Don Manuel sagte: „Abgemacht, Don Robert; unter den Bedingungen, die ich Ihnen nannte, können Sie sie haben."

Ich glaubte nunmehr zu erraten, um was es sich gehandelt hatte.

Donna Antonia hatte an dem Mahl nicht teilgenommen; als sie jetzt eintrat, war ihr von dem überstandenen Schreck nur noch wenig anzusehen. Ich teilte ihr mit, daß wir heut Abend noch Abschied nehmen müßten; da wurde sie todesbleich. Im nächsten Moment trat Langfeld schnell an sie heran und flüsterte ihr etwas zu; da errötete sie tief, legte ihren Arm in den seinen und folgte ihm hinauf auf die Veranda.

Eine Stunde später kamen die beiden wieder herein. Langfeld sah sehr ernst aus, dabei aber auch, wie mir schien, ein wenig triumphierend; Antonia aber war in Tränen, die sie nicht zu verbergen suchte.

Nun kam der Abschied; ich übergehe ihn und will nur bemerken, daß alle sehr ergriffen waren. Dann führte Pedro uns einen Fußpfad entlang, der zum Creek hinabging.

Es war stockfinster. Die Sterne waren verschwunden; schwere Gewitterwolken hingen unter dem Firmament, im Osten begannen Blitze aufzuleuchten und in der Ferne grollte dumpfer Donner.

Pedro redete uns dringend zu, wieder umzukehren und unsre Abfahrt aufzuschieben, da eine stürmische Nacht bevorstünde. Aber darauf konnten wir uns nicht einlassen; versäumten wir diese Gelegenheit, an Bord unsers Schiffes zu gelangen, dann konnte eine lange Zeit vergehen, ehe sich uns eine zweite darbot. Wir setzten also unsern Weg fort, erreichten nach einer halben Stunde das obere Ende des Creeks und fanden hier, sorgfältig unter einer Bedachung von Palmblättern verborgen, das Kanu.

Es war wenig zu einer solchen Fahrt geeignet, wie wir vorhatten. Es maß zwei Fuß sechs Zoll in der Breite, zwanzig Fuß in der Länge und seine Tiefe betrug nicht mehr als sechzehn Zoll. Es hatte keine Duchten, die Paddler mußten sich, das Gesicht nach vorn, darin niederkauern, und das war gut, denn dadurch kam ihr Schwerpunkt so tief nach unten zu liegen, daß der Seelenverkäufer, der ganz entsetzlich rank war, nicht so leicht kentern konnte.

Der brave Pedro hielt uns noch einen Vortrag über die Eigentümlichkeiten und die Tücken des Kanus, dann begaben wir uns vorsichtig an

Bord, sagten dem Alten Lebewohl und machten uns, Langfeld achtern und ich vorn, auf die Fahrt.

Da das Wasser hier nur schmal und von Baumkronen überhangen war, so herrschte eine undurchdringliche Finsternis und es wäre unmöglich gewesen, unsern Weg zu finden, wenn die immer häufiger werdenden Blitze nicht Licht geschafft hätten. Wir hofften, unbemerkt an dem Schoner vorbeikommen zu können, das aber wurde mit jeder Sekunde mehr in Frage gestellt. Erstens verbreiteten die Blitze auf Momente Tageshelle, zweitens hatte der Wind sich völlig gelegt, kein Blatt regte sich, kein Insekt ließ sich hören, und in dieser Totenstille war das leiseste Geräusch, das unser Kanu oder unsre Paddel im Wasser verursachten, weithin vernehmbar; drittens, und das war das Gefährlichste, leuchtete das Wasser stark phosphorisch. Die rippelnden Bugwellchen, die durch das Paddeln bewirkten schwachen Wirbel, das Kielwasser – alles leuchtete in blendend hellem, grünlichem Silberlicht und mußte die Aufmerksamkeit der auf dem Schoner Wache haltenden Leute erregen.

Wir beobachteten die äußerste Vorsicht und hielten uns so dicht als möglich am Ufer und im Schatten der überhängenden Mangroven.

Plötzlich fesselte ein leises Plätschern im Schlamm des Gestades meine Aufmerksamkeit. Eine bleiche, wirbelnde Feuerwolke löste sich von dem Wurzelgewirr ab und unter ihr zeigte sich ein seltsamer Fleck hellen Phosphorlichtes, der schnell auf uns zukam. Nach wenigen Sekunden befand er sich unmittelbar unterhalb des Kanus, mit dem er nun gleichen Schritt hielt. Schaudernd erkannte ich jetzt in ihm ein Krokodil, das so lang war, wie das Fahrzeug. Es leuchtete wie ein Stück Mond, ich sah jede seiner Bewegungen, ich sah auch seine aufwärts gerichteten unheimlichen Augen, die keinen Blick von uns verwendeten.

„Sehen Sie das Untier, Herr Leutnant?" fragte ich flüsternd.

„Ich sehe es", murmelte der zurück. „Hoffentlich besinnt sich das Biest nicht darauf, daß es uns mit einem einzigen Schlage seines Schwanzes umschmeißen kann. – – Oha – das war ein Blitz!"

Ja, das war ein Blitz! Das ganze Himmelsgewölbe hatte sich in eine einzige grelle Flamme verwandelt, unsre Umgebungen schnellten aus der Finsternis heraus und zeigten sich einen Augenblick in ihren kleinsten Einzelheiten; und vor uns, eine halbe Seemeile entfernt, lag der Schoner klar und deutlich.

Zugleich mit diesem Blitz kam ein ungeheures Donnerkrachen, ein rollendes Geknatter und Geprassel, so gewaltig, daß ich minutenlang wie betäubt war. Als ich mein Gehör wieder gewann, da brüllten, heulten und kreischten die wilden Tiere des Waldes in entsetztem Chor. Das Krokodil war verschwunden, wahrscheinlich vor Schreck.

Jetzt kam der Regen. Nicht in Tropfen, nicht in Bindfaden, nicht in Eimern, nein, in einer fast massiven Wassermasse, so daß ich mich vornüberbeugen mußte, um atmen zu können. In zwei Sekunden stand das Wasser im Kanu vier Zoll hoch.

Fünf Minuten währte die Sintflut, danach verwandelte sie sich in einen stetigen Platzregen.

„War das, was wir da oben vor uns gesehen haben, der Schoner?" fragte Langfeld, sobald das tosende Rauschen der niederkommenden Fluten sich soweit gemildert hatte, daß man sich gegenseitig wieder verständlich machen konnte.

„Ja", antwortete ich.

„Dann können wir jetzt gut an ihm vorbeischlüpfen", sagte er. „Bei diesem Regen werden die Kerle an Bord keinen allzu scharfen Ausguck halten."

Wir steuerten hinaus in die Mitte des Creeks und paddelten aus Leibeskräften.

„Wetter!" rief Langfeld leise, als wir etwa fünf Minuten schweigend gearbeitet hatten.

„Herr Leutnant?"

„Wissen Sie was? Ich habe Lust, einen Blick über die Reling des Schoners zu werfen. Ich denke, wenn wir recht vorsichtig sind, ist dabei nicht viel zu riskieren. Die werden da jetzt nicht viel Wache halten. Der Ausguckmann liegt jedenfalls in der Kombüse verstaut. Machen Sie mit?"

„Selbstverständlich mache ich mit", antwortete ich, während mir zugleich ein kühner Gedanke durch den Kopf fuhr.

„Gut; gucken Sie scharf aus nach dem Huker, und wenn Sie ihn sehen, paddeln Sie so, daß wir unter seine Großrüst zu liegen kommen, und dann machen Sie die Fangleine daran fest."

„Zu Befehl", antwortete ich, und dann versanken wir wieder in Stillschweigen.

Fünf Minuten später erschien ein dunkler Gegenstand auf Backbord dicht vor uns; wir hielten darauf ab und legten geräuschlos unterhalb der Großrüst an. Im Nu war die Fangleine an einer Pütting festgemacht und im nächsten Augenblick stand ich neben meinem Vorgesetzten in der Rüst.

Hier warteten wir geduldig auf den nächsten Blitz und verabredeten flüsternd, daß Langfeld achteraus und ich voraus langsdeck sehen sollten.

Der Blitz flammte auf und erhellte das Deck.

„Haben Sie jemand auf Wache gesehen?" flüsterte der Leutnant.

„Nein", wisperte ich zurück.

„Ich auch nicht; aber ich habe bemerkt, daß das Scheileit (Deckfenster) und die Kampanjeluke geschlossen sind. Ich denke, alle Mann werden eingetörnt sein."

„Sehr wahrscheinlich", sagte ich. „Bei solchem Wetter ist man froh, wenn man sich nicht an Deck herumzudrücken braucht."

„So ist's", flüsterte Langfeld noch immer mit äußerster Vorsicht. „Ich denke, wir klettern über die Reling und machen einen Rundgang an Deck."

„Ganz mein Gedanke", erwiderte ich. „Wir müssen aber die Schuhe abziehen. Sie nehmen die Steuerbordseite, ich die Backbordseite. Vorn bei der Back treffen wir uns."

„Schön", sagte Langfeld.

Wir warteten einen neuen Blitz ab, schwangen uns in der Finsternis, die ihm folgte, über die Reling und begannen unsere Entdeckungsreise.

Mein Erstes war, das Scheileit und die Kappe der Kampanjeluke zu untersuchen. Sehen konnte ich in der Stockfinsternis allerdings nichts, aber ich überzeugte mich durch Tasten, daß die Klappen des ersteren geschlossen, der Deckel der letzteren bis auf einen Spalt von sechs Zoll zugeschoben war. Durch diesen Spalt konnte ich die heruntergeschraubte Hängelampe in der Kajüte matt brennen sehen, Leute aber gewahrte oder hörte ich zu meiner Verwunderung nicht, denn wenn der Schoner wirklich dem Sennor Ribera gehörte, dann wäre doch anzunehmen gewesen, daß eine oder mehrere Personen sich mit dem verwundeten Mann beschäftigten.

Auf meinem Wege nach vorn passierte ich eine Batterie von vier neunpfündigen Geschützen auf der Steuerbordseite, selbstverständlich mußte auf der Backbordseite die gleiche Anzahl vorhanden sein.

Die Großluke war mit einer Gräting verschlossen, durch die jener widerliche Dunst emporstieg, der stets ein sicheres Zeichen für die Anwesenheit von Sklaven im Schiffsraum ist. Dort unten war alles ruhig; die Ärmsten mochten wohl im Schlafe ein kurzes Vergessen ihres Jammers gefunden haben.

Bei der Kombüse angelangt, fand ich die backbordsche Tür verschlossen; ich legte mein Ohr an die Spalte und glaubte durch das Rauschen des Regens das Schnarchen eines schlafenden Mannes zu vernehmen. Vor der Kombüse stand der Fockmast, und vor diesem verriet mir ein schwacher Lichtschein die Stelle, wo sich die Logiskappe befand.

Während ich versuchte, in der Finsternis die Gestalt eines etwa die Ankerwache haltenden Mannes zu erspähen, wurde der Lichtschein plötzlich verdunkelt. – Leutnant Langfeld stand davor und lugte in das Logis hinunter. Ich trat herzu und flüsterte seinen Namen, um mich zu erkennen zu geben. Er zog mich leise auf die Seite.

„Nun", wisperte er, „was haben Sie gefunden?"

Ich sagte es ihm und fügte hinzu, daß die Ankerwache sich vor dem Regen in die Kombüse zurückgezogen haben und dort eingeschlafen sein müsse.

„Ja", sagte Langfeld, „das ist richtig. Der Kerl schläft wie eine Ratte; ich habe ihn zufällig angestoßen, aber er rührte sich nicht."

Jetzt hielt ich die Zeit für gekommen, mit meiner kühnen Idee herauszurücken.

„Was könnte uns jetzt eigentlich noch abhalten, uns des Schoners zu bemächtigen?" fragte ich.

„Mensch, Wetter!" zischte er leise und packte meinen Arm. „Daran habe ich in diesem Augenblick selbst gedacht! Der Kasten ist jetzt schon so gut wie in unsrer Gewalt, es fehlt fast nichts mehr, dann ist er's tatsächlich. Die einzige Gefahr dabei wäre, daß die Schufte eine Pistole in's Pulvermagazin hineinfeuerten, wenn ihnen klar wird, daß sie Gefangene sind, und sich und uns gen Himmel sprengten."

„Möglich, daß sie das täten", entgegnete ich, „aber darauf wollte ich's ankommen lassen, wenn Sie derselben Meinung wären."

„Bravo, Wetter! Sie sind aus dem rechten Holz geschnitzt! Zeigen wir unsern britischen Kameraden, wessen zwei deutsche Seeleute fähig sind. Also los. Zunächst die Logiskappe dicht gemacht; der Deckel ist mit einer Krampe zu schließen – ein Koffeenagel als Pflock davor, und die Falle ist fertig."

Gesagt, getan. Die Mannschaft war gefangen und unschädlich gemacht.

„Jetzt noch ein Koffeenagel und ein End – eine Fadenlänge von dem Bramsegelfall tut's – um uns des pflichttreuen Ausguckmannes in der Kombüse zu versichern."

Mit den genannten Dingen ausgerüstet, schlichen wir der Kombüse zu. Den Mann in der Finsternis und in dem engen Loch zu fassen und ihn zugleich am Schreien zu verhindern, war nicht gut möglich; wir mußten ihn an Deck locken.

Langfeld postierte sich vor die Tür; ich trat hinein, schüttelte den Kerl heftig an der Schulter und ging, als er aufgewacht war, wieder hinaus. Er sprang hastig auf, in der Meinung, von einem Vorgesetzten schlafend gefunden zu sein, stolperte aus der Tür heraus, auf Spanisch einige Worte stammelnd, die eine Entschuldigung sein mochten.

Kaum war er draußen, da zwängte ich ihm den Koffeenagel zwischen die Zähne – ich fürchte, nicht allzu sanft – und befestigte diesen Knebel blitzschnell mit Hilfe meines Taschentuchs. In demselben Moment packte Langfeld ihn von hinten und band ihm mit dem Stück Bramfall die Hände auf den Rücken. Dann warfen wir ihn nieder, fesselten ihm die Füße und waren nun auch vor diesem Gesellen sicher.

Jetzt galt es, die Kajüte zu verrammeln. In der Kombüse lag ein Haufen Feuerholz. Wir suchten eine Anzahl kleiner Stücke aus und schnitten eine Handvoll Keile zurecht. Damit gingen wir achteraus, schoben den Deckel der Kampanjeluke ganz zu und stießen die Keile so in die geeigneten Spalten, daß er unbeweglich festlag. Zwischen die Kampanjetüren und das Kompaßhäuschen klemmten wir ein Plankenstück ein und packten schließlich auf die Scheileitklappen so viel der schwersten an Deck herumliegenden Gegenstände, daß nunmehr die gesamte Besatzung, vorn und achtern, unter Deck gefangen saß.

Der Schoner war unser.

Bis jetzt hatten das Gewitter und der Regen angehalten, nun hörte alles mit einem Schlage auf.

„Jetzt kommt der Wind!" rief ich.

„Desto besser", entgegnete Langfeld, „wir brauchen ihn, um aus dem Creek rauszukommen. Wir wollen uns sputen, Schonersegel und Klüver zu setzen, so lange es noch still ist."

Das geschah, und kaum waren wir damit fertig, da kriegten wir die Bö. Es war gut, daß der Schoner an so geschützter Stelle vertäut lag. Über uns heulte und brauste der Sturm in den Baumkronen, hier unten aber spürten wir nur wenig von ihm, höchstens daß das Großsegel ab und zu hin- und herschlug, dies genügte aber, die eingesperrte Besatzung zu ermuntern.

Die Männer in der Kajüte begannen heftig gegen die Kampanjetür zu schlagen und dabei zornig zu schreien und zu rufen. Das kümmerte uns jedoch nicht; ich ging auf Langfelds Befehl ans Ruder und er selber kappte mit dem Beil des Kochs die Trossen, die den Schoner an den Mangroven festhielten.

Wir lagen auf der Leeseite des Creeks und es war eine schwere Aufgabe, den Schoner vom Ufer ab und in die Mitte des Fahrwassers zu bringen. Zum Glück hatte der Wind die finstern Wolkenmassen bald zerrissen und zerstreut; hier und da blinkte ein Stern hernieder, und dann ging auch der Mond auf, der im zweiten Viertel stand, so daß wir jetzt genügend sehen konnten. Trotzdem war die Navigation des schmalen Wasserarmes so schwierig, daß der Leutnant sich vorn im Buge aufstellen mußte, um mir anzugeben, wie das Ruder zu legen sei.

Die Gefangenen in der Kajüte gaben das Pochen und Schreien bald als nutzlos auf, und ich hoffte bereits, daß sie sich in das Unvermeidliche gefügt hätten, da krachte eine Kugel durch die Tür und pfiff in unangenehmer Nähe an meinem steuerbordschen Ohr vorbei.

Langfeld hatte den Schuß gehört und drehte sich um.

„Hat's Havarie gegeben, Wetter?" rief er.

„Nein", antwortete ich, „danke für die Nachfrage."

Noch war das Wort nicht heraus, da pfiff eine zweite Kugel an meinem backbordschen Ohr vorbei, der Abwechslung wegen, und ein paar Minuten

162

später folgte ein richtiges Schnellfeuer aus sechs Pistolen, wobei eine Kugel meine rechte Schläfe streifte, so daß das Blut zu fließen begann.

„Das scheint da ja heiß herzugehen!" rief der Leutnant, „aber wenn Sie noch aushalten können bis wir um die Huk da herum sind, dann komme ich und löse Sie ab."

„Ist nicht nötig!" rief ich zurück. „Viel wichtiger ist's, daß Sie dort bleiben und mir sagen, wie ich steuern soll."

Als wir die Huk passiert hatten, kamen wir in breiteres Fahrwasser und kriegten die ganze Brise, so daß der Schoner bald volle sechs Knoten Fahrt lief. Aber die Segel, in der Eiie gesetzt, standen spottschlecht, und das Fahrzeug fing infolgedessen an, heftig zu gieren, d. h. bald nach der einen und bald nach der andern Seite abzuweichen. Ich rief Langfeld an und bat ihn, entweder das Fockstagsegel zu setzen, oder achteraus zu kommen und den Hals des Schonersegels aufzuholen. Er tat das letztere, um nicht mehr Leinwand loszumachen, als ein Mann bewältigen konnte. Er wollte soeben wieder nach vorn eilen, als ich voraus in See und etwa eine Seemeile entfernt etwas in Sicht bekam.

„Was ist das dort über dem Leebuge?" fragte ich; „ist das nicht ein Fahrzeug?"

Langfeld stieg auf die Reling, um einen besseren Ausblick zu haben; da krachte ein Schuß durch das Scheileit, aber ohne ihn zu treffen. Er nahm gar keine Notiz davon und ließ das schnell näher kommende Fahrzeug nicht aus den Augen.

„Es ist eine Brigg", sagte er, „und wenn ich nicht sehr irre – aber das kann ja nicht sein – und doch – wahrhaftig, es ist der „Vampyr"!

„Dem Anschein nach ist er's", sagte ich. „Aber ich vermisse – ich wollte, die Kerle ließen das verdammte Schießen sein! – ich vermisse den weißen Gang."

„Den vermisse ich auch – aber es ist doch, hol's der Teufel, kaum möglich, daß wir uns so täuschen sollten! Abhalten – ein wenig – nicht zu dicht heran. Ich sehe keinen Wimpel. Schwerenot! Diesmal haben die Hunde mich getroffen!"

Die Kerle hatten eine ganze Salve durch das Scheileit auf ihn abgegeben, und ich sah, wie er sich mit der Hand nach der Seite fuhr.

Wir waren bald der fremden Brigg ganz nahe; die Kajüte war erleuchtet, an Deck gewahrten wir mehrere Leute. Ein Mann stieg in die Großwant und preite uns an.

„Josefa ahoi!" rief er auf Spanisch. „Was ist da an Bord bei euch los? Warum geht ihr ohne volle Ladung in See? Ist da oben im Creek etwas verkehrt gegangen?"

„Alles in Ordnung", antwortete Langfeld ebenfalls auf Spanisch; er hatte diese Sprache in Don Manuels Hause mit Donna Antonia eifrig und eingehend studiert. „Alles in bester Ordnung; die Ladung –"

Hier wurde er durch eine neue Salve aus der Kajüte unterbrochen und zugleich schrie eine Stimme aus den kleinen Heckfenstern des Schoners:

„Wir sind Gefangene! Die gottverfluchten Ingleses haben die „Josefa" in ihrer Gewalt!"

Jetzt wurden von der Brigg einige Gewehrschüsse gegen uns abgefeuert, zum Glück ohne Erfolg. Wir waren inzwischen an ihr vorbeigelaufen und die Besatzung, die nicht wußte, wie sie mit uns daran war, machte keinen Versuch, uns noch weiter zu belästigen. Eins aber wußten wir jetzt mit Bestimmtheit: die Brigg war nicht der „Vampyr". Sie war in jeder andern Beziehung die Doppelgängerin der französischen Kriegsbrigg, aber ihr Anstrich war ganz schwarz bis zur Wasserlinie und als Galionsbild führte sie eine Negerin.

„Herr Leutnant", sagte ich, „kennen Sie jetzt jene Brigg?"

„Nein", antwortete er zögernd, „wenigstens nicht in ihrer gegenwärtigen Verkleidung."

„Sie ist nicht verkleidet", entgegnete ich. „Sie ist das Seeräuberfahrzeug, das Keppen Walkers „Ophelia" geplündert und verbrannt hat. Es ist die „Black Queen", darauf möchte ich schwören."

Der Leutnant sah mich erstaunt an.

„Wahrhaftig, Wetter", rief er, „ich glaube, Sie haben recht!"

Wieder fiel ein Schuß durch die Kampanjetür; die Kugel schlug mir in die rechte Schulter und verursachte mir einen so heftigen Schmerz, daß mein Arm dadurch gelähmt wurde. Zum Glück ließ der Schoner sich jetzt sehr leicht steuern, so daß ich das Rad mit einer Hand regieren konnte.

„So geht das nicht weiter", sagte Langfeld. Er schwang sich wieder auf die Reling und lugte nach vorn aus.

„Sehen Sie dort gerade voraus den hohen Baum, der alle andern überragt?" fragte er.

„Den sehe ich", sagte ich.

„Gut, darauf steuern Sie zu. Ich hole derweilen ein paar Lukendeckel achteraus, stelle sie hier vor die Tür und schaffe Ihnen dadurch ein kugelfestes Bollwerk."

Damit eilte der Brave, der selber verwundet war, nach vorn, schleppte nicht weniger als sechs von den schweren Deckeln herbei und pflanzte sie vor der zweiflügeligen Tür auf.

„So", sagte er dann, „das hätten wir fein bestroppt. Schade, daß wir nicht eher auf den Gedanken kamen. Soll ich Ihnen Ihre Schulter verbinden? Ich sehe, daß Sie bluten."

„Ich danke Ihnen, das ist vorläufig nicht nötig", antwortete ich. „Wichtiger wäre es, meines Erachtens, Sie überzeugten sich davon, ob die Kerle vorn im Logis noch sicher verwahrt sind, damit die uns nicht etwa über den Hals kommen."

Er sah mich eine Weile an, dann sagte er:

„Harren Sie nur noch so lange aus, bis wir aus diesem Creek heraus sind, dann löse ich Sie ab. Übrigens werde ich dafür sorgen, daß Kapitän Vernon erfährt, wie tapfer und musterhaft Sie sich benommen haben, nicht nur heut Nacht, sondern von dem Moment an, wo wir die Korvette verließen. Jetzt gehe ich nach vorn. Rufen Sie mich, wenn Sie Hilfe brauchen."

Die im Logis eingesperrte Mannschaft hatte bereits seit einiger Zeit ihr Mißfallen über die ihr widerfahrene Behandlung durch heftiges Pochen, Stampfen und Brüllen kundgegeben. Über Feuerwaffen verfügten sie dem Anschein nach nicht, zu fürchten war daher nur, daß sie den Deckel der Logiskappe aufbrachen und an Deck kamen. Um dies zu verhindern, stellte Langfeld die große Balje, die beim Deckwaschen verwendet wurde, auf die Kappe und schoß eine der schweren Vertäutrossen darin auf, die achter dem Ankerspill an Deck lagen. Darauf kam er wieder achteraus, um mich abzulösen.

Die Gesellschaft in der Kajüte mochte gemerkt haben, daß man ihnen das Schießen durch die Tür vereitelt hatte; dagegen hatten sie herausgefunden, daß man vom Vorderende des Scheileits meinen Kopf sehen konnte, und es währte nicht lange, da flogen mir von dorther die Kugeln um die Ohren. Als Langfeld bei mir erschien, hatte ich bereits zwei neue Streifschüsse erhalten.

„Die Pest über die Schurken!" rief er. „Das muß aufhören! Wie steht's mit Ihrer Schulter? Können Sie den rechten Arm bewegen?"

Ich mußte dies verneinen.

„Hm", sagte er. „Wieviel Kerle mögen da unten stecken?"

„Das kann ich nicht sagen. Bisher habe ich nur drei Stimmen unterscheiden können."

„Drei – der Schiffer und zwei Steuerleute – wird schon richtig sein."

Er dachte ein Weilchen nach, lief hastig nach vorn und kam sogleich mit einem schweren Kuhfuß wieder zurück. In aller Ruhe nahm er einen Lukendeckel nach dem andern von der Tür wieder fort.

„Ich will runter und das Gesindel still machen", sagte er dabei. „Tu ich das nicht, dann ist gar nicht abzusehen, was für Unheil es noch anrichtet, ehe wir die „Josefa" unter die Kanonen des „Wolf" gebracht haben. Wählen Sie schnell einen Stern, nach welchem Sie steuern, ehe ich den Rest des Bollwerks wegnehme, dann hocken Sie nieder, soweit als möglich nach einer Seite; ich ziehe das Feuer der Hunde auf mich und falle dann über sie her."

Während er redete, hatte er seinen Rock ausgezogen und über den Kuhfuß gehängt, den er nun zur Seite legte, um das Plankenstück zu entfernen, mit dem wir die Tür festgekeilt hatten. Dann nahm er den Kuhfuß mit dem Rock wieder auf, hielt ihn so, daß man ihn von der Kampanjetreppe aus in der Dunkelheit für einen dort stehenden Mann halten konnte, stieß den Deckel zurück und riß die Tür auf.

Zwei Schüsse knallten, dann stürmten die Gefangenen die Treppe herauf. Aber sie kamen nicht weit. Langfeld warf sich ihnen entgegen und riß sie mit sich wieder hinab. Ich vernahm ein polterndes Ringen am Fuße der Treppe, einen Schuß, einige dumpf krachende Schläge, ein abermaliges kurzes Ringen, und dann tauchte Langfeld wieder auf, blutig und mit einem wildblickenden Spanier im Schlepptau. Als er den letzteren an Deck hatte, stieß er ihm mit einem Tritt die Füße unter dem Leibe weg und fesselte ihn mit dem End der Brambrasse. Darauf ging er wieder hinunter und brachte noch zwei Spanier herauf, die, obgleich sie bewußtlos waren, gleichfalls gebunden wurden.

„Das hätten wir bestroppt", sagte er, sich den Schweiß von der Stirn trocknend; „ich denke, wir können nun unsre Fahrt zu Ende führen, ohne fortwährend fürchten zu müssen, unversehens quer über den Kongo gesprengt zu werden. Lassen Sie mich jetzt das Ruder nehmen."

Ich verband ihm mit seinem Taschentuch noch schnell eine heftig blutende Armwunde und ging dann nach vorn auf den Ausguck.

In fliegender Fahrt jagten wir platt vor dem Sturm und mit der reißenden Ebbströmung den Fluß hinab; bald hatten wir Shark Point passiert und sichteten nun, sieben Seemeilen seewärts, auf der Höhe von Padron Point einen undeutlichen Gegenstand, der nichts anders sein konnte, als der dort zu Anker gegangene „Wolf".

„Sehen Sie die Korvette?" rief ich Langfeld an.

„Nein", antwortete er, bückte sich und lugte in die Dunkelheit hinaus. „Von hier aus ist nichts zu erkennen. Sehen Sie denn etwas?"

„Gewiß!" rief ich seelenfroh; „dort liegt sie groß und breit über dem Backbordbuge! Abhalten, Herr Leutnant!"

Der Schoner fiel ab, bis sein Klüverbaum gerade auf den fernen Gegenstand wies.

„Stetig!" rief ich.

„Stetig!" wiederholte Langfeld nach Schiffsgebrauch, worauf der Schoner nicht mehr abfiel, sondern den Kurs, auf dem er lag, beibehielt.

Es gelang mir, die Klüverschot überzutrimmen, dann lehnte ich mich an die Reling, um zu beobachten, wie der kleine dunkle Fleck am Horizont größer wurde und sich zu einem stattlichen Schiff mit hohen Masten, langen Rahen und einem Gewebe von Leinen und Tauen entwickelte, alles so nett und korrekt, als habe es erst gestern seine Werft verlassen.

Beim Näherkommen gewahrte ich, daß in der Kajüte des Kapitäns noch Licht brannte, auch glaubte ich, einige Leute zu sehen, die durch die Pforten nach uns ausschauten.

Die Korvette lag selbstverständlich mit dem Buge gegen den Wind, und als wir in kurzer Entfernung vor ihr herumliefen, um auf ihre Leeseite zu gelangen, da wurde auf der Back eine Gestalt sichtbar und über das Wasser kam die Stimme des Leutnant Collins mit dem Anruf:

„Schoner ahoi!"

„Hallo!" erwiderte Langfeld.

Es folgte eine kleine Pause, dann hieß es:

„Was für ein Schoner ist das?"

„Die „Josefa", Sklavenfahrer. Ist das Mr. Collins?"

„Derselbe. Und wer sind Sie, wenn ich fragen darf?"

Ich war achteraus gegangen und stand nun an Langfelds Seite.

„Leutnant Collins scheint meine Stimme noch nicht erkannt zu haben", sagte er, „oder aber sie haben uns längst für tot gehalten, und nun will es ihm nicht so schnell in den Kopf, daß wir noch lebendig sind."

Die „Josefa" holte jetzt um das Heck der Korvette herum; Leutnant Burke erschien auf dem Kampanjedeck, und der Redewechsel wurde wieder aufgenommen und zwar zuerst von Langfeld.

„Wolf ahoi! Hat Kapitän Vernon sich schon für die Nacht zurückgezogen?"

„Ich glaube nicht. Was wünschen Sie von ihm?"

„Haben Sie die Güte ihm zu melden, daß Mr. Langfeld und Mr. Wetter in einem eroberten Sklavenschoner langseit wären und sagen Sie zugleich, daß wir dankbar sein würden, wenn er uns eine Prisenmannschaft an Bord schicken wollte."

„Soll sogleich geschehen."

Collins verschwand, und da wir uns im Lee der Korvette befanden, konnten wir hören, wie dort an Bord eine gewisse Aufregung entstand.

Jetzt erschien eine Gestalt in der Fockwant und dann erscholl eine tiefe rauhe Stimme:

„Schoner ahoi! Sagten Sie nicht, daß da Mr. Langfeld und Mr. Wetter an Bord wären?"

„Das habe ich gesagt", antwortete Langfeld. „Erkennen Sie mich denn nicht an der Stimme, Bootsmann?"

„Ja wohl, jetzt erkenne ich Sie!" rief der Bootsmann in heller Freude zurück. „Und da kommt auch schon der Kapitän."

Auf dem Quarterdeck der Korvette zeigte sich die kleine Gestalt des Kapitän Vernon.

„Schoner ahoi!" rief er durch das Sprachrohr. „Wieviel Mann soll ich Ihnen schicken?"

„Zwölf Mann reichen aus, Sir", antwortete Langfeld. „Ich wäre Ihnen dankbar, wenn Sie auch die nötigen Offiziere mitschickten, uns abzulösen.

Wir sind beide verwundet und müssen uns dem Doktor in die Kur geben."

Bald darauf brachte ein Kutter die Prisenmannschaft und zwei Offiziere zu uns an Bord; die letzteren waren Burke und Midshipman Peters. Der erste Leutnant der Korvette, Mr. Austin, begleitete sie und schüttelte uns in seiner Wiedersehensfreude die Hände, daß ich für meinen Teil mich vor Schmerzen kaum zu lassen wußte.

Langfeld sah mir die Qual an, die unser warmherziger erster ‚Luff' mir unwissentlich bereitete.

„Halt, Austin, halt!" sagte er. „Lassen Sie ihn los, Sie tun ihm weh! Er hat heut Nacht eine böse Wunde in die rechte Schulter gekriegt, als wir uns mit der Besatzung des Schoners herumschlugen."

„Was? Gefochten haben Sie?" rief Mr. Austin. „Verzeihen Sie, Wetter, daß ich Sie so grob anfaßte! Also Sie beide haben den Schoner mit Gewalt genommen?"

Und mit größtem Erstaunen sah er bald den zweiten Leutnant und bald mich an.

„Well", erwiderte Langfeld, „genommen haben wir ihn durch Überrumpelung, aber hinterher erwies sich die Besatzung als sehr ungebärdig und bot alles auf, sich wieder in den Besitz des Fahrzeugs zu setzen. Aber kommen Sie, wir haben uns schon so lange danach gesehnt, die Decksplanken des „Wolf" wieder einmal unter den Füßen zu spüren; außerdem freuen wir uns darauf, unsre Bekanntschaft mit dem Doktor erneuern zu können."

Zehntes Kapitel

Warum Kapitän Vernon den zweiten Leutnant groß
ansah. – Der „Wolf" auf der Jagd. – Das Rätsel
der beiden Briggen. – Leutnant Guerlin abermals
an Bord des „Wolf". – „Der Wetter ist von
Sinnen!" – Ein Lob.

Der Kommandant kam uns am Fallreep der Korvette entgegen und hieß uns mit Herzlichkeit willkommen.

„Das ist eine freudige Überraschung, und ich darf
wohl hinzusetzen, für alle Mann", sagte er. „Mit
dem Aufrücken des Leutnant Collins vom dritten
zum zweiten ‚Luff' ist's nun allerdings vorläufig
nichts, aber er ist ein herzensguter Knabe, denn als
er mir meldete, daß Sie langseit wären, da glänzten
seine Augen vor Freude."

Langfeld erwiderte des Kapitäns Händedruck,
dann sagte er:

„Ich bitte, es Wetter nicht zu verübeln, wenn er
Ihnen nur die Linke reicht, denn seine steuerbord-
sche Schulter ist heut Nacht durch eine Pistolenku-
gel gelähmt worden, als er mir beistand, den Schoner zu nehmen."

Der Skipper faßte meine linke Hand und drückte
sie vorsichtig.

„Ich freue mich, Wetter, so gute Berichte über
Sie zu hören. Mr. Collins hatte mir bereits von Ihrer
Tapferkeit während jenes Nachtangriffs erzählt, und

als ich dann vernehmen mußte, daß Sie und Leutnant Langfeld vermißt wurden, war ich tief bekümmert. Aber nun sind Sie ja beide wieder da! Wie steht es mit Ihren Verletzungen? Sind sie zu schwer, um bei mir in der Kajüte behandelt werden zu können? Nein? Nun, dann kommen Sie beide mit mir, denn ich brenne darauf, Ihre Erlebnisse zu hören. Der Doktor soll kommen und sein Werkzeug mitbringen, dann können Sie mir erzählen, während er an Ihnen herumarbeitet. Sie können uns begleiten, Austin; ich sehe, Sie platzen beinahe vor Neugierde, die Abenteuer dieser fahrenden Ritter kennen zu lernen."

Wir begaben uns in die Kapitänskajüte, wo der Steward zunächst Wein bringen mußte. Der Doktor schnitt mir die Kleider vom Leibe und verursachte mir so große Pein, daß ich mich gewaltsam beherrschen mußte, um nicht durch Schmerzgebrüll Langfeld zu unterbrechen, der im Begriffe war, seinen Bericht vom Stapel zu lassen.

„Ehe ich beginne, Sir", sagte er, „möchte ich mir die Frage erlauben, wie jene mißglückte Expedition gegen die Sklavenräuber zu Ende gekommen ist. Lastet doch das Odium dieses Fehlschlages allein auf meinen Schultern."

Kapitän Vernon sah den zweiten Leutnant groß an.

„Mein lieber Langfeld", erwiderte er, „was reden Sie da? Fehlschlag? Odium? Mann, die Expedition war ein großer Erfolg! Leider waren ja, soweit die armen Schwarzen in Betracht kommen, viel Menschenleben zu beklagen; aber wir haben die Brigantine genommen und auch den Schoner wieder flott gekriegt und dabei nur vier Leute verloren – da Sie beide wieder da sind. Es war eine ganz ausgezeichnete Affäre, trefflich geleitet und verwegen durchgeführt, und das Ende und Resultat derselben wird ein hübsches Sümmchen Prisengeld für alle Mann und wohlverdiente Beförderung für Sie, Collins und Burke sein."

Jetzt sah Langfeld den Kapitän groß an.

„Sie setzen mich in Erstaunen, Sir", entgegnete er. „Das letzte, was ich von der Sache weiß, ist, daß nach einem langen und hartnäckigen Kampf der Schoner wegsackte, daß es uns gelang, die Brigg zu nehmen, mit der wir aber gleich darauf in die Luft gingen; und hinterher hatten Wetter und ich den Eindruck, daß unsre Verluste sich mindestens auf die Hälfte unsrer Leute belaufen haben müßten."

„*Well*", antwortete der Skipper, „da haben Sie sich, Gottlob, in einem Irrtum befunden. Unser Gesamtverlust bei jener Affäre betrug vier Mann, tot; aber heiß ist's hergegangen, dafür spricht die Tatsache, daß nicht ein einziger von dem ganzen Expeditionskorps unverwundet an Bord zurückgekommen ist. Jetzt sind sie, Gott sei Dank, alle wieder auf den Beinen. Die Banditen hatten von unsrer Anwesenheit im Flusse Kenntnis erlangt, jedenfalls durch den Schiffer der „Pensacola", und waren auf den Angriff vorbereitet. Das hätten wir früher wissen sollen. Aber nun schießen Sie los, lieber Langfeld."

Der zweite Leutnant gehorchte, er erzählte, was die Leser bereits kennen. Er hatte kaum geendet, als der Doktor verkündete, daß er mich gründlich kalfatert und gelabsalbt habe und nun Langfeld dasselbe zu erweisen bereit sei. Ich aber hätte unverzüglich einzutörnen. Damit hing er mir eine Decke über die Schultern und schob mich der Tür zu.

„Noch eine Frage, Wetter", rief der Kapitän mir nach. „Sagen Sie mal, dieser Don Manuel – halten Sie den für einen ehrenhaften Mann? Oder macht er vielleicht auch ab und zu ein Geschäft in schwarzem Menschenfleisch?"

„Das glaube ich nicht, Sir", antwortete ich. „Er verkehrte allerdings mit einem gewissen Ribera, einem höchst verdächtigen Menschen, aber ihn selber halte ich durchaus für einen Gentleman."

„Der er ganz ohne Zweifel auch ist", fiel Langfeld ein. „Sie irrten sich übrigens, Wetter, als sie meinten, die „Josefa" gehöre dem Ribera; er hat an Bord nirgends gefunden werden können."

In diesem Augenblick erschien der dritte Leutnant in der Tür.

„Was gibt's, Mr. Collins?" fragte der Kapitän.

„Da ist ein Fahrzeug in Sicht, Sir, anscheinend eine Brigg. Sie muß eben aus dem Kongo gekommen sein und hält sich dicht unter Land, als ob sie uns nicht auf sie aufmerksam machen wollte."

Der Skipper warf einen fragenden Blick auf Langfeld.

„Die „Black Queen", ohne Zweifel", antwortete dieser sogleich. „Die hat uns mit der „Josefa" davon eilen sehen und hält es nun für geraten, sich zu drücken."

„Das soll ihr nicht gelingen!" rief Kapitän Vernon und befahl, sofort alle Mann an Deck zu pfeifen. Die Sitzung in der Kajüte war aufgehoben. Der Doktor ging mit Langfeld nach dessen Kammer und ich war froh, meine Hängematte aufsuchen zu können, die ich mit Hilfe eines Matrosen mühsam erkletterte.

Der „Wolf" ging Anker auf und setzte alle Segel; kaum hatte die Brigg dies bemerkt, da braßte sie vierkant, brachte alle Leesegel auf und lief mit Backstagswind auf westlichem Kurse davon. Der „Wolf" machte sich auf die Verfolgung und fing bald an zu rollen wie ein leeres Faß, woraus ich erkannte, wie schnell er sich vom Lande entfernt und die offene See erreicht hatte, die von dem Sturm der Nacht noch aufgewühlt war und hochging.

Am nächsten Morgen hatte die See sich etwas gelegt und das Schiff war nicht mehr so rank; ich wollte an Deck gehen, aber der Doktor gab dies nicht zu. Allerdings war meine Wunde auch sehr entzündet und schmerzte mich heftig. Wie ich hörte, war die Brigg etwa neun Seemeilen gerade voraus in Sicht, und wenn die Entfernung zwischen ihr und uns auch nicht zunahm, so hatten wir doch vor der Hand wenig Aussicht, ihr aufzulaufen.

Fünf Tage lang blieb die Jagd auf ziemlich demselben Standpunkt. Die Entfernung zwischen den Fahrzeugen veränderte sich je nach dem Wetter; bei steifer Brise befand sich die Brigg etwas im Vorteil, bei mäßigem Wind kam die Korvette schneller vorwärts. Der achterliche Wind war uns auch nicht günstig, weil der „Wolf" seine Schnelligkeit am besten bei halbem Winde entwickeln konnte.

Am fünften Tage gestattete mir der Doktor, an Deck eine Stunde Luft zu schöpfen. Ich kam gerade noch zur rechten Zeit, einen letzten Blick auf die fliehende Brigg werfen zu können, die uns sechs Seemeilen voraus war, ehe sie in einem schnell heraufziehenden dichten Nebel verschwand. Das war ärgerlich. Der Wind war zu einer Fünfknotenbrise abgeflaut, der „Wolf" hatte während der letzten Stunden immer mehr Vorsprung gewonnen, und nun, wo sich Aussicht zeigte, die Brigg endlich zu überholen, spielte der Nebel uns diesen Streich.

Der Kapitän berief den ersten und zweiten Leutnant zu einer Beratung; man beschloß, scharf anzubrassen und in kurzen Schlägen östlich aufzukreuzen, bis der Nebel wieder schwinden würde, da es höchst wahrscheinlich erschien, daß die Brigg ebenfalls einen entgegengesetzten Kurs einschlagen würde, hoffend, daß wir ihr im Nebel vorbeiliefen.

Wir waren eben zum dritten Mal über Stag gegangen, da erscholl der Ruf:

„Segel ho! Gerade voraus! Ruder auf, oder wir rennen ihn um!"

Mr. Austin, der die Wache hatte, sprang auf das nächste Geschütz und lugte über die Verschanzung nach vorn.

„Hart Backbord!" schrie er den Rudersmann zu, „hart Backbord!" Dann, nach einem Moment atemloser Spannung, sagte er: „Bei einem Haar! Wir sind soeben klar gekommen, und auch nur soeben! *By Jove,* Wetter, haben Sie gesehen, wie dicht? – Aber das ist doch der „Vampyr?" Natürlich! „Vampyr" ahoi!"

„Hallo!" kam die Antwort von dem Gegensegler, der kein andrer war als die Brigg, der wir begegneten, als wir zum ersten Mal die Kongomündung untersucht hatten und die uns als die französische Kriegsbrigg „Vampyr" bezeichnet worden war.

„Haben Sie heut ein Segel irgendwelcher Art gesichtet?" fragte Austin.

„*Non M'sieur;* Ihr Schiff ist das erste, das uns begegnet, seit wir vor vier Wochen Sierra Leone verließen."

Damit endete die Unterhaltung zwischen den beiden Schiffen; der „Vampyr" – oder was es sonst war – verschwand wieder im Nebel, noch ehe die Antwort ganz ausgesprochen war.

„*Well*", sagte Mr. Austin, als er wieder von dem Geschütz herabgesprungen war, „das war nichts. Ich dachte, die „Black Queen" wäre uns in die Krallen gelaufen. Schade. Der Kasten hatte ein goldenes Galionsbild und einen weißen Gang. Na, vielleicht fangen wir den andern doch noch. Ich würde eine Zehnpfundnote springen lassen, wenn der Nebel wiche."

„Ich versteh's nicht", murmelte ich, „ich versteh's nicht!"

Mir war's ganz wirr im Kopfe.

Mr. Austin sah mich an.

„Was verstehen Sie nicht, Wetter?" fragte er.

„Die Brigg – der „Vampyr", wie sie sich nennt – und das andre drum und dran – ich versteh's nicht!" antwortete ich.

„Ja, was ist denn dabei zu verstehen? Oder was ist Ihnen denn dabei unverständlich?"

„Alles!" rief ich. „Erstens haben wir nur das Wort eines einzigen Mannes, und noch dazu eines von der Besatzung, daß das Fahrzeug die französische Kriegsbrigg „Vampyr" sei, von der bekannt ist, daß sie in diesen Gewässern kreuze. Zweitens sieht dieser Vampyr der „Black Queen" so außerordentlich ähnlich, daß ich mich fast zu dem Glauben gezwungen sehe, die beiden Briggen seien ein und dasselbe Fahrzeug. Und drittens – mein Verdacht, daß dies letztere der Fall ist, wird gleichsam bestätigt durch die Tatsache, daß wir bereits zweimal, wenn wir achter der „Black Queen" her waren, auf den „Vampyr" gestoßen sind."

Mr. Austin sah mich lange nachdenklich an.

„Was Sie da zuletzt sagten, ist richtig", entgegnete er dann. „Aber das war ein Zufall, der nichts beweist."

„Mag sein", sagte ich. „Ich will nur noch hinzufügen, daß Keppen Walker, dessen Schiff „Ophelia" von der „Black Queen" verbrannt wurde, anscheinend auch der festen Überzeugung war, daß man es hier nur mit einer und derselben Brigg zu tun habe."

„Hm", erwiderte Mr. Austin, „das ist mir neu. Also Walker hegte denselben Verdacht wie Sie. Das Ding fängt an, mich zu interessieren. Erzählen Sie mir doch von Anfang an, wie Sie zu diesem Verdacht gekommen sind."

Das tat ich. Als ich zu Ende war, sagte er:

„Sie haben mir da viel zu denken gegeben; ich bedaure, daß Sie mich nicht schon früher in Ihr Vertrauen gezogen haben. Aber Sie sehen recht angegriffen aus; machen Sie, daß Sie in Ihre Hängematte kommen."

Noch in derselben Nacht befiel mich ein heftiges Fieber, das mich länger als drei Wochen an das Lager fesselte. –

Die „Black Queen" war uns entwischt. Der „Wolf" steuerte wieder der Küste zu und suchte hier jeden Schlupfwinkel ab, wo die Brigg etwa einen versteckten Ankerplatz gefunden haben könnte, bis hinauf zur Bucht von Benin. Bei dieser ebenso langweiligen wie mühevollen Arbeit erkrankten vierzehn Mann am gelben Fieber, wovon, als wir endlich in Sierra Leone einliefen, vier Mann gestorben waren. In Sierre Leone fanden wir Leutnant Burke und die Prisenmannschaft der „Josefa" die uns hier erwartet hatten. Wir nahmen sie an Bord, landeten die Kranken und gingen wieder in See.

Der Kurs war auf den Kongo gesetzt und eines schönen Morgens, gerade als der Wind abzuflauen begann, sichteten wir wiederum die Mündung des mächtigen Stromes. Bald lagen wir in einer völligen Windstille, etwa zwölf Seemeilen vom Lande entfernt; sechs Seemeilen näher gewahrten wir eine Brigg, die wir durch unsre Gläser als den „Vampyr" erkannten.

„Dort liegt Ihr Freund", sagte der erste Leutnant zu mir. „Ich habe über das, was Sie mir kürzlich sagten, viel nachgedacht und denke dem rätselhaften Kasten bei erster Gelegenheit unter irgend einem Vorwande einen Besuch zu machen."

„Haben Sie schon mit dem Kapitän darüber geredet, Sir?" fragte ich.

„Noch nicht", antwortete er. „Ich muß erst etwas Greifbares haben, ehe ich ihm damit komme. Doch da kommt die Seebrise, ein wahres Glück! An die Brassen vorn und achtern! Fier weg in Lee, hol an zu Luwart! Gei auf Besan!"

Eine schwache blaue Linie kam vom westlichen Horizont her über die See auf uns zugekrochen, einige Schaumwellchen zeigten sich auf der glasigen Oberfläche und verschwanden wieder. Dann kühlte ein köstlicher frischer Luftzug unsre Gesichter, schwellte einen Augenblick die leichten oberen Segel, erstarb wieder, kam abermals, stärker, währte eine halbe Minute, die Leinwand erschlaffte, füllte sich auf's neue, die Korvette fing an durch's Wasser zu gehen und wandte ihren Bug gegen Osten; Wasserblasen zogen an ihren Seiten hin, ein schwaches Rippeln begann am Vorsteven, wurde stärker, wurde hörbar, die glasige Oberfläche der See kräuselte sich, färbte sich wundervoll tiefblau, das Steuerrad machte sich in des Rudersmanns Hand fühlbar, und mit vollen Segeln strebten wir der Kongomündung zu – und der Brigg, die gleichfalls ihren Kurs auf den Fluß zu nahm.

Sie ging eine volle halbe Stunde vor uns im Banana Creek zu Anker; sie hatte daher ihre Segel bereits festgemacht, Rahen und Leinen getrimmt und ihre Boote im Wasser, als wir unsern Anker in das moorige, undurchsichtige Wasser des Creeks fallen ließen.

Unsre Mannschaft war noch beim Festmachen der Segel, da legte bereits die Gig der Brigg an unserm Fallreep an und Leutnant Guerlin erschien auf dem Quarterdeck, die Mütze in der Hand, lächelnd, dienernd und grüßend wie nur ein Franzose dies fertigbringt.

Diese Visite war trotz ihrer Überstürzung lediglich ein Höflichkeitbesuch und dehnte sich so lange aus, daß Kapitän Vernon nicht anders konnte, als seineu Gast zum Frühstück zu bitten, wozu Mr. Austin und meine Wenigkeit schon zuvor geladen gewesen waren. Im Verlaufe des Mahles sprach er sich außerordentlich lobend über das Aussehen und die Ordnung an Bord unsers Schiffes aus und als er merkte, daß er dadurch das Herz des guten Austin gewonnen hatte, gab er den Wunsch zu erkennen, das schöne Fahrzeug auch im Innern besichtigen zu dürfen, was ihm von dem ersten „Luff" mit größter Liebenswürdigkeit gewährt wurde.

Der Verdacht, den meine Reden in dessen Busen erweckt hatten, verschwand unter dem wirklich beinahe bestrickenden Wesen des Franzosen wie Schnee unter der Sonne. Auch ich selber wurde dadurch beinahe irregemacht, dennoch aber hatte der Mann etwas an sich, was ich mir nicht erklären konnte, mich aber mit aller Gewalt von ihm abstieß. Ich beobachtete ihn daher wie die Katze eine Maus, ohne jedoch etwas Verdächtiges entdecken zu können.

Austin führte ihn selber durch das ganze Schiff und zeigte ihm alles, was er zu sehen wünschte. Ehe er sich verabschiedete, erwähnte er noch, daß der Kapitän des „Vampyr", Monsieur Dubois, krank in seiner Koje läge, und bat dann um die Ehre, die dienstfreien Offiziere der Korvette heut Abend an Bord der Brigg bewirten zu dürfen. Diese Einladung mußte mit Bedauern im Interesse des Dienstes abgelehnt werden, Mr. Austin allein sagte für seine Person zu.

Wir waren während des ganzen Tages mit Bordarbeit sehr beschäftigt, und so war es schon beinahe Abend, als er Gelegenheit fand, mit mir einige Worte über den Besuch zu wechseln.

„*Well,* Wetter", sagte er, „wie denken Sie jetzt über unsern Freund Monsieur Guerlin, nachdem Sie Gelegenheit hatten, seine genauere Bekanntschaft zu machen?"

„*Well, sir*", erwiderte ich, ich gebe zu, es mag eine ganz entfernte Möglichkeit bestehen, daß meine Ansicht über ihn und über die Brigg nicht zutreffend gewesen ist, jedoch –"

„Jedoch beruhigt sind Sie noch nicht", unterbrach er mich. „Aber was in aller Welt kann Ihnen an dem armen Kerl heut verdächtig erschienen sein?"

„Nichts", mußte ich bekennen. „Er gab sich ganz anders als bei seinem ersten Besuch auf dem „Wolf". Aber war's nicht seltsam, daß er sich heut in solcher Hurry bei uns einstellte? Zuerst meinte ich, daß er dadurch einen Besuch unsrerseits an Bord seiner Brigg verhindern wollte. Dagegen spricht ja nun freilich seine Einladung. Aber die Verzögerung mag ihm Zeit und Gelegenheit verschafft haben, Vorkehrungen für unsern Empfang zu treffen und allerlei beiseite zu schaffen, was –"

„Was seinen und der Brigg wahren Charakter zu verraten geeignet wäre, wollen Sie sagen", lachte der erste „Luff". „Ich meine, Sie haben sich in Ihren Argwohn verrannt und quälen sich unnötig. Wenn ich von dem „Vampyr" wieder zurückkomme, reden wir mehr darüber. Jetzt muß ich mich für den Besuch bei den Franzosen fein machen."

Damit ging er unter Deck.

Nach einer Viertelstunde erschien er wieder, sauber rasiert, in seiner besten Uniform, ein schöner, stattlicher Seemann, an dem das Auge mit Wohlgefallen hing.

Die Gig wurde gepfiffen, er ging über das Fallreep, nickte mir noch einmal zu und dann entführte ihn das Boot, dem ich nachblickte, bis es auf der Steuerbordseite der Brigg anlegte. –

Die Nacht war herniedergesunken, Ruhe herrschte im Schiff, die einzigen Laute, die die Stille unterbrachen, waren die Seufzer der Brise im Takelwerk, das Rauschen in den Baumwipfeln und das eintönige „Schirr, Schirr, Schirr" der Insekten in der Sumpfvegetation.

Es mochte halb zehn Uhr sein, ich dachte eben daran, meine Hängematte aufzusuchen, da war es mir, als vernähme ich ein verworrenes Getümmel, einen erstickten Schrei, der wie ein Hilferuf klang, einen dumpfen Fall, wie wenn ein Mann niedergeworfen wird, und dann einen Plumps ins Wasser. Diese Geräusche kamen aus der Richtung, wo die Brigg liegen mußte, die jedoch schon längst nicht mehr zu sehen war, da der Nachtnebel bereits dick auf dem Flusse lag.

Meine Schläfrigkeit war sogleich verschwunden, alle meine Sinne schärften sich auf's äußerste, und ich lauschte gespannt auf weiteres. Vergebens, alles war wieder still. Mein alter Verdacht erhob sich stärker als je zuvor. Plötzlich fiel mir ein, daß ich während meiner Landwanderungen oft bemerkt hatte, wie niedrig die Schicht des Nachtnebels auf dem Wasser lag, und ich sagte mir, daß ich vielleicht von der Bramrahe aus etwas sehen könnte, woraus die mich so beunruhigende Wahrnehmung zu erklären wäre.

Ich sprang in die Großwant und rannte so eilig nach oben, als hinge mein Leben davon ab. Das stehende Gut war während des Tages frisch geteert worden, darauf aber achtete ich nicht, und es währte keine Minute, da hatte ich den Großbramsaling und von dort aus die Bramrahe erreicht. Wie ich vorausgesehen hatte, befand ich mich hier oberhalb der Nebelschicht.

Das erste was ich in dem schwachen Schein der Mondsichel sah, waren die beiden Toppen der Brigg, dwars ab von unserm Steuerbordbug, und nicht voraus, wie sie hätten peilen müssen. Das war seltsam, aber noch seltsamer erschien es mir, daß sie uns ganz auffällig nahe waren. Sie befanden sich gerade in einer Linie mit den Wipfeln einer Baumgruppe, die wie eine Insel aus dem silbrigen Nebelmeer aufragten. Auf einmal bemerkte ich, daß die Toppen nicht stillstanden, daß sie langsam an den Bäumen vorüber und dem Flusse zuglitten.

Die Brigg war im Treiben!

Ich lauschte fünf Minuten lang auf irgendeinen Laut, und während dieser Zeit war sie uns beinahe um eine Kabellänge nähergekommen. Noch eine Minute, dann war sie nur noch ein paar Schiffslängen von uns entfernt.

Durch Zufall konnte sie nicht ins Treiben gekommen sein. Hatten die Franzosen beabsichtigt, ihren Liegeplatz zu wechseln, warum taten sie dies unter dem Deckmantel des Nebels und ohne jegliches Geräusch? Von einem Ankerhieven war nichts zu hören gewesen, ebensowenig von einem Hantieren mit Warptrossen; sie mußten also ihr Kabel geschlippt haben, um sich von der Strömung sachte nach See treiben zu lassen.

Aber wo war Leutnant Austin während dieses Davonschleichens? Wußte er darum? Und wenn mein Verdacht begründet war – warum hatten sie die Offiziere des „Wolf" zum Essen eingeladen? Sollte das nur eine Augenverblendung sein, um den Anschein aufrecht zu erhalten, daß der „Vampyr" ein französisches Kriegsschiff sei? Oder steckte ein teuflischer Anschlag dahinter, uns alle in ihre Gewalt zu bringen und die Korvette führerlos zu machen?

Noch einen kurzen Moment beobachtete ich die gespenstisch dahintreibenden Toppen der Brigg, dann eilte ich an Deck und achteraus. Der dritte Leutnant, Mr. Collins, lehnte in Gedanken versunken an einem Geschütz. Ich berichtete ihm kurz, was ich vorhin gehört und was ich dann von der Bramrahe aus gesehen hatte.

„Und jetzt treibt die Brigg mit der Strömung dem Kongo und der See zu", schloß ich. „Meinen Sie nicht, daß der Kapitän davon in Kenntnis gesetzt werden muß?"

„Gewiß muß er das!" erwiderte Mr. Collins. „Sollten etwa die Franzosen ihre Offiziere überwältigt und sich der Brigg bemächtigt haben?"

„Wer kann das wissen?" entgegnete ich. „Lassen Sie uns unverzüglich Kapitän Vernon aufsuchen und hören, was der dazu zu sagen hat."

Der dritte „Luff" übertrug einem der andern Midshipmen zeitweilig die Wache an Deck, und wir beide gingen hinunter zum Kapitän. Der saß in gemütlicher Unterhaltung mit Leutnant Langfeld bei Wein und Zigarren.

„*Well,* Mr. Colins, was gibt's?" fragte er, als wir eingetreten waren.

„Bitte um Verzeihung wegen der Störung", antwortete Collins, „aber Wetter hier hat mir soeben eine ganz außerordentliche Meldung gemacht, die Sie am besten aus seinem eigenen Munde hören."

„So. Nun, junger Herr – ja, zum Kuckuck, Wetter, wo haben Sie gesteckt, Mensch? Wer hat Sie denn so gelabsalbt?"

„Bitte um Verzeihung, Sir", antwortete ich und bemerkte in dem hellen Lampenlicht erst, wie ich meine Uniform zugerichtet hatte, „bitte um Verzeihung, daß ich so vor Ihnen erscheine, Sir, aber die Sache leidet keinen Aufschub."

Und nun meldete ich, was ich gehört und gesehen hatte.

„Sollte die Mannschaft gemeutert und sich der Brigg bemächtigt haben?" sagte der Skipper, als ich zu Ende war.

„Das glaube ich nicht, Sir", antwortete ich, „dazu war das Getümmel nicht laut und lange genug; alle Offiziere auf einmal hätte man kaum überwältigen können, einen wohl eher."

„Einen? Was haben Sie dabei im Sinn?" fragte der Skipper aufhorchend. „Ich verstehe Sie nicht."

„*Well, sir*", entgegnete ich, „es ist meine Pflicht, jetzt offen und gerade heraus zu sagen, was ich auf dem Herzen habe. Ich fürchte, daß Mr. Austin an Bord der Brigg in einen Hinterhalt gefallen, und daß die Brigg kein französisches Kriegsschiff ist!"

Ich sah wie Leutnant Langfeld emporfuhr und sich zu sprechen anschickte. Aber der Kapitän kam ihm zuvor.

„Mr. Austin in einen Hinterhalt gefallen!" rief der letztere. „Die Brigg kein französisches Kriegsschiff! Der Wetter ist von Sinnen!"

„Wenn das zuträfe, dann wäre ich schon seit den letzten vier Monaten nicht mehr bei Sinnen", entgegnete ich, „denn all diese Zeit schon hege ich einen schweren Verdacht gegen jene Brigg und deren Besatzung."

„Was?" rief Langfeld, „auch Sie haben die Brigg beargwöhnt?"

„*Yes, sir*, das habe ich."

„Setzen Sie sich, Wetter", sagte der Skipper, „schenken Sie sich ein und erzählen Sie uns alles, aber kurz. Sie, Mr. Collins, werden die Güte haben, festzustellen, wie die Brigg gegenwärtig peilt. Also bitte, Mr. Wetter."

Collins eilte an Deck und ich berichtete meine Beobachtungen und Mutmaßungen, von Guerlins erstem Besuch bis auf die Gegenwart.

Ich war noch nicht weit damit gekommen, da erschien Leutnant Collins wieder mit der Kunde, die Brigg sei tatsächlich im Treiben und bereits eine Strecke achter uns, auch habe der Ausguckmann aus dem Topp gemeldet, daß er Leute auf ihren Rahen wahrnehmen könne.

„Lassen Sie sofort alle Mann aufpfeifen, Mr. Collins", befahl Kapitän Vernon, „sorgen Sie, daß alles klar ist zum Kabelschlippen und Segelsetzen. Daß aber alles so geräuschlos als möglich zugeht, hören Sie? Lassen Sie scharfen Ausguck halten auf alles, was da an Bord vorgeht; es sieht ganz so aus, als sollten wir da eine Entdeckung machen. Und nun weiter, junger Freund."

Als ich meinen Bericht mit möglichster Beschleunigung zu Ende gebracht hatte, wendete der Kapitän sich an Langfeld und sagte:

„Also auch Sie haben diese geheimnisvolle Brigg bereits in Verdacht gehabt?"

„Jawohl, Sir", antwortete der Leutnant; „es schien mir da mancherlei nicht korrekt zu sein, aber so eingehend wie Wetter habe ich mich damit nicht beschäftigt und mir die Gedanken auch bald wieder aus dem Kopf geschlagen."

„Merkwürdig", sagte der Skipper; „ich kann nicht sagen, daß mir an dem Fahrzeug etwas aufgefallen wäre."

Leutnant Collins erschien und meldete, die Brigg sei jetzt eine halbe Seemeile entfernt und setze Segel.

„Wir wollen warten, bis die Kerle dort wieder aus der Takelung sind, dann schlippen wir das Kabel und jagen hinterdrein", sagte der Skipper. „Ich will der Sache auf den Grund gehen. Da ist sicher eine Hundsfötterei im Spiel, sonst wäre unser Austin längst wieder hier an Bord."

Collins entfernte sich und Langfeld stand auf. Der Skipper aber legte die Hand auf meine Schulter und sagte:

„Sie haben verständig und umsichtig gehandelt, indem Sie erst zu mir kamen, als Sie so viel Verdachtsgründe beisammen hatten, daß wir daraufhin vorgehen können. Leutnant Langfeld hat sich überdies höchst lobend über Ihr Tun und Benehmen während der Zeit, die er mit Ihnen an Land war, ausgesprochen; er sagt, daß er Ihnen sein Leben zu verdanken habe. Ich selber habe es mir angelegen sein lassen, Sie vom Tage Ihres Eintritts in die britische Marine genau zu beobachten, und bin mit Ihrer Führung und Ihrem Diensteifer stets zufrieden gewesen. Das Gleiche kann ich von all den deutschen Gentlemen sagen, mit denen der Dienst mich zusammengeführt hat. Nun aber an Deck, wenn ich bitten darf."

Elftes Kapitel

*„ Wenn wir die Brigg nicht flügellahm schießen,
läuft sie uns davon!" – Warum Guerlin in den
dunklen Winkel kroch. – Wie aus dem „ Vampyr"
eine „ Virginia" wurde. Des ersten Leutnants
schreckliches Ende. – Der wahre „ Vampyr".
Austins Begräbnis. – Beförderungen.*

Stolz und glücklich über das Lob, das der Kapitän
mir gespendet hatte, eilte ich an Deck und fand die
Mannschaften beim Losmachen der Segel. Ohne
ein hörbares Wort gesprochen zu haben, enterten
sie wieder nieder; die Marsrahen wurden lautlos
geheißt, der Klüver gesetzt und das Kabel geschlippt; der „Wolf" war unter Segel. Der Nebel
lag noch immer so dick als zuvor auf dem Wasser,
so dick, daß der Klüverbaum vom Achterdeck aus
nicht zu sehen war.

Um in dieser völlig unsichtigen Luft den richtigen Kurs steuern zu können, wurde ein ebenso
einfaches wie praktisches Verfahren eingeschla-
gen. Der Ausguckmann auf der Vorbramraa mußte
die Flaggleine fassen, die an Deck losgeworfen
und von einem Midshipman in die Hand genommen wurde. Zog der Mann oben einmal daran,
dann hieß das „Backbord", zweimal bedeutete
„Steuerbord" und dreimal „stetig." Die Komman-
dos wurden an den Rudersmann weitergegeben.

Auf diese Weise machten wir uns auf die Verfolgung der unsichtbaren Brigg. Nach einer erwartungsvollen halben Stunde kamen wir aus dem Nebel heraus und gewahrten nun, daß wir nördlich von der Flußmündung längs der Küste hinkrochen und die Brigg eine halbe Seemeile vor uns hatten und zwar unter aller Leinwand, die sie der auffrischenden Landbrise entgegenbreiten konnte.

Kapitän Vernon gab das Kommando „Klar zum Gefecht", jeder eilte auf seinen Posten. Die Flagge stieg zur Piek der Gaffel empor und ein Schuß krachte hinter der fliehenden Brigg her, als höfliche Aufforderung, beizudrehen. Eine große Aufregung hatte sich meiner bemächtigt, denn mir allein war es zuzuschreiben, daß man in dieser schroffen Weise gegen das Fahrzeug vorging. Sollte es sich herausstellen, daß es tatsächlich das französische Kriegsschiff war, für das es sich ausgegeben, dann mußten unserm Skipper böse Verlegenheiten daraus erwachsen. Mir fiel daher eine große Last vom Herzen, als eine Kanonenkugel an uns vorüberpfiff, mit der die Brigg unsern Schuß beantwortete.

Auch der Kapitän atmete erleichtert auf.

„Gut!" rief er. „Sie hat scharf auf uns geschossen und weigert sich, ihre Flagge zu zeigen. Jetzt weiß ich, was ich zu tun habe. Feuern Sie noch einmal und zielen Sie auf ihre Stengen; wenn wir sie nicht flügellahm schießen, dann läuft sie uns davon."

Collins hatte das Kommando der Bugbatterie. Er gab persönlich einige Schüsse ab, durchlöcherte auch einige Segel der Brigg, richtete aber sonst keinen Schaden an. Die feindlichen Kanoniere zeigten mehr Geschick, denn nach wenigen Schüssen von dorther stürzte unsre Vor-Reuelstenge nach Lee hinüber.

Der Skipper stampfte wütend das Deck.

„Hinauf da, klart die Havarie!" rief er: „Und Sie, Collins, schießen Sie um Gotteswillen dem Kerl ein Rundholz weg! In zehn Minuten ist er aus Schußweite und dann können wir uns das Maul wischen! Ich wollte, unsre Schiffbauer daheim gingen bei den Leuten in die Lehre, die diese Sklavenfahrer vom Stapel lassen, dann könnten wir vielleicht gelegentlich auch mal eine Prise machen!"

Während er noch schalt, war Leutnant Langfeld nach vorn gegangen. Ich sah ihn ein Geschütz richten, das soeben frisch geladen und ausgerannt worden war. Mir klopfte das Herz in Erwartung – ein Blitz, ein scharfer Knall, unmittelbar gefolgt von einem donnernden Jubelruf der Mannschaft. Langfelds Schuß hatte die Fockrahe der Brigg am Rack getroffen und mitten durchschlagen.

„Rammen Sie uns langseit der Brigg, Perkins!" rief der Skipper dem alten Master zu, der in seinem Eifer dem Rudersmann das Rad aus der Hand genommen hatte. „Klar mit den Enterhaken vorn und achtern! Mr. Langfeld, Sie entern vorn, ich werde das hier achtern besorgen!"

Schon glaubten wir die Brigg so gut wie genommen zu haben, aber es kam anders. Ihr Kommandant war augenscheinlich ein vorzüglicher Seemann und jeder Lage gewachsen. Kaum begann das Fahrzeug in den Wind aufzuluven, da warf er die Achterbrassen los, ließ das Großmarssegel loskommen, holte die Vorschoten nach windwärts über, und es dauerte nicht lange, da fiel die Brigg wieder ab, bis sie nach einem weiteren geschickten Segelmanöver platt vor den Wind kam. Jetzt wurde die Großrahe vierkant gebraßt, und abermals lief sie davon, anscheinend nur wenig beeinträchtigt durch ihre schwere Havarie.

Allein, war ihr Befehlshaber ein tüchtiger Seemann, so stand unser Master, der alte Perkins, ihm nicht nach. Konnte er den „Wolf" der Brigg auch nicht „langseit rammen", wie Kapitän Vernon wünschte, so brachte er ihn doch vierkant in ihr Kielwasser, ein wenig zu Luwart, so daß er ihr einen großen Teil des Windes aus den Segeln nahm.

Die Mannschaft beschoß uns aus ihren Heckgeschützen mit verdoppelter Energie, und unser laufendes Gut begann empfindlich darunter zu leiden.

„Tut nichts", sagte der Skipper, „in fünf Minuten sind wir ihr aufgelaufen. Mr. Langfeld, lassen Sie die Geschütze mit Kartätschen laden; wir

geben ihr eine Breitseite und entern im Pulver-
dampf."

Und so geschah es. Wir schmetterten unsre
Breitseite in die Brigg hinein, empfingen dafür
aber auch prompt die ihre. Im Nu hatten unsre
Enterhaken ihre Wanten gefaßt, und mit lautem
Hurra ging's hinüber. Die Besatzung der Brigg,
eine bunt zusammengewürfelte Bande wilder,
verwegener Kerle, setzte uns hartnäckigen Widerstand entgegen, und ein mit äußerster Wut geführ-
ter Kampf entspann sich.

Kapitän Vernon war selbstverständlich allen voran an Bord des feindlichen Schiffes gesprungen,
und ich hatte mich sozusagen an seine Rockschöße
gehängt. Der Erste, der sich uns entgegenwarf, war
unser alter Bekannter Guerlin. Der Skipper wech-
selte einige Hiebe und Stöße mit ihm, dann wurde
er durch das wogende Getümmel von ihm getrennt,
und nun sah ich mich dem Hallunken gegenüber.
Meine Fechtkunst war nicht weit her und ich gestehe offen, daß mir nicht wohl zu Mute war, als ich
seine Klinge an der meinen fühlte. Ein glücklicher
Zufall half mir seinen ersten Stoß parieren, und im
nächsten Moment – wie es zuging, weiß ich nicht –
taumelte er an Deck nieder, von meinem Schwert
durch den Leib getroffen.

Ich wähnte ihn sterbend und beeilte mich, den
Kapitän wieder aufzufinden, wobei ich mich gegen
verschiedene Gegner zu wehren hatte. Nach einem

verzweifelten Ringen gab die Mannschaft der Brigg endlich ihren Widerstand auf, warf die Waffen weg und bat um Pardon, der auch gewährt wurde.

Als ich die Gewißheit hatte, daß der Skipper sowohl wie auch Leutnant Langfeld wohlauf waren, begab ich mich unter Deck, in der Hoffnung, Mr. Austin vielleicht in einer der Kammern als Gefangenen vorzufinden. Ich stieg die Kajütstreppe hinunter und war eben im Begriff, in den Salon einzutreten, da sah ich, wie in einem entlegenen Winkel unter der Treppe ein dunkler Gegenstand sich bewegte.

Ich ging näher herzu, das Ding genauer zu betrachten und erkannte nun zu meinem höchsten Erstaunen Monsieur Guerlin, der, anstatt tot zu sein, wie ich sicher geglaubt, hier unten ganz munter herumspukte. Er hatte eine Pistole in der Hand und schickte sich gerade an, durch eine kleine Luke in dem unteren Raum zu verschwinden. Ich sprang zu und packte ihn beim Kragen. Er ließ sich ruhig aus der Luke wieder herausziehen, kaum aber stand er auf den Füßen, da fiel er über mich her und begann mit dem messingbeschlagenen Kolben der Pistole meinen Schädel zu bearbeiten.

In solch einer Balgerei aber fürchtete ich ihn nicht, denn ich war trotz meiner Jugend groß und sehr stark; dennoch mußte ich alle Kraft aufbieten, ihn zu bändigen, bis ihn endlich seine Wunde an weiterer Gegenwehr hinderte. Nun zerrte ich ihn die Treppe hinauf und brachte ihn an Deck, nachdem er noch zu guter Letzt die Pistole gegen mich abgefeuert hatte, ohne jedoch zu treffen.

Unsre Leute waren gerade mit dem Fesseln der Gefangenen beschäftigt, und so kam ich mit Monsieur Guerlin gerade zur rechten Zeit.

Als man auch ihn band, protestierte er mit lautem Geschrei gegen die unwürdige Behandlung. Kapitän Vernon hörte dies und kam heran.

„O, da sind Sie ja, Wetter!" rief er, als er mich erblickte. „Ich suchte Sie und fürchtete schon, daß Ihnen etwas zugestoßen wäre. Gehen Sie doch unter Deck und versuchen Sie, Mr. Austin zu finden.

„Ich hatte mich zu diesem Zweck bereits auf den Weg gemacht, Sir", antwortete ich, „als ich aber da unten jenen Mann – Leutnant Guerlin nennt er sich – in verdächtiger Weise herumschleichen sah, hielt ich es für meine Pflicht, ihn zunächst unschädlich zu machen."

„Was tat der Kerl da unten?" fragte der Skipper, den Gefesselten betrachtend.

„Ich will Ihnen sagen, Sir, was ich im Sinne hatte", rief Guerlin höhnisch. „Ich wollte zur Pulverkammer, um Sie und alle die andern verfluchten Engländer in die Hölle zu senden, damit Ihr Esel von erstem Leutnant da Gesellschaft hätte. Und das wäre auch geschehen, wenn mir nicht jener

Klotz von Midshipman in die Quere gekommen wäre!"

„Es scheint, daß Sie ihn nicht allzu sanft angefaßt haben, Wetter", sagte der Skipper lachend, „daher das Kompliment für Sie." Und zu Guerlin gewandt, fuhr er fort:

„Also in die Luft sprengen wollten Sie uns? Sehr liebenswürdig, muß ich gestehen. Vielleicht sind Sie nun auch so freundlich und teilen mir mit, was Sie mit Mr. Austin angefangen haben."

„Angefangen? Mit dem?" rief Guerlin mit teuflischem Grinsen. „Der liegt auf dem Grunde des Creek, wo auch ihr alle jetzt liegen würdet, wenn ihr unsre höfliche Einladung angenommen hättet!"

„Also ermordet haben Sie ihn?" donnerte der Kapitän ihn an.

„Jawohl!" entgegnete der Verbrecher in höhnischem Triumph. „Ersäuft oder ermordet, wie Sie's nennen wollen!"

„In Eisen mit dem verräterischen Mordbuben!" rief der Kapitän heiser; „der soll es büßen!"

Der Bootsmann und einige Matrosen sprangen zu und schleppten den Elenden nach vorn.

„Ihr Verdacht war leider nur allzu begründet gewesen, Wetter", sagte der Skipper jetzt zu mir. „Der arme Austin! Die Brigg ist ohne Frage ein Sklavenfahrer, wahrscheinlich auch noch Schlimmeres. Wir müssen sie gründlich überholen."

Damit tauchte er in die Kajüte hinab.

Der Feind hatte schwere Verluste erlitten; von den sechzig Mann der Besatzung waren sechzehn tot und zweiundzwanzig verwundet. Der „Wolf" hatte nur elf Verwundete. Die gefallenen Banditen wurden den Haien zum Fraße überliefert, die Verwundeten kamen in die Pflege unsers Doktors und seiner Gehilfen. Darauf ließ Kapitän Vernon die Rahsegel der Brigg festmachen, eine Prisenmannschaft wurde an Bord kommandiert und dann steuerten beide Schiffe nach dem Ankerplatz bei Padron Point, die Brigg nur unter Stagsegeln und Klüvern und unter dem Kommando von Leutnant Langfeld. Zwei Stunden später rasselten die Anker in den Grund.

Kapitän Vernon kehrte mit allerlei Papieren, die er in der Kajüte des „Vampyr" gefunden hatte, an Bord des „Wolf" zurück, die Ankerwache wurde gesetzt, und dann törnten alle Mann ein, rechtschaffen ermüdet, aber auch hoch befriedigt mit dem Erfolg dieses Abends.

Bei Tagesanbruch gingen die Fahrzeuge wieder Anker auf und segelten nach dem Banana Creek zurück. Unterwegs fischten wir das Kabel wieder auf, das wir hier geschlippt hatten. Wieder vor Anker, machten der Bootsmann und der Zimmermann mit ihren Maaten sich an die Ausbesserungsarbeiten an Bord der Brigg. Es stellte sich heraus, daß das Fahrzeug auf einer englischen Werft erbaut worden war; auf welche Weise es in die Hände der Halunken geraten war, darüber fand sich kein Nachweis. Anfänglich hatte es den Namen „Virginia" geführt. Es war mit allen Einrichtungen für den Transport von Sklaven versehen; was sich aber in dem von dem Hauptraum dicht abgeschlagenen Achterraum vorfand, gab Zeugnis dafür, daß es bei Gelegenheit auch Seeraub getrieben hatte.

Der Leichnam des armen Austin wurde an der Stelle, wo die Brigg tags zuvor zu Anker gelegen hatte, nach kurzem Suchen gefunden. Er wies keinerlei Verletzungen auf. Der unglückliche Offizier war jedenfalls hinterrücks überfallen und niedergeworfen worden. Man hatte ihm einen Knebel in den Mund gezwängt, die Hände mit Handschellen auf den Rücken gefesselt und einen Segeltuchbeutel mit zwei achtzehnpfündigen Kanonenkugeln an die Füße gebunden. Er wurde bis zur Herstellung des Sarges in seine Kajüte gelegt und zugleich die Flagge Halbmast geheißt.

An Bord der „Virginia", die gleichfalls ihr Kabel wieder aufgefischt hatte, schritten unter Leutnant Langfelds Oberaufsicht die Arbeiten der Zimmerer und Takler schnell vorwärts.

Um die Mittagszeit desselben Tages kam eine fremde Brigg in den Fluß hereingesegelt, sie führte die französische Flagge und ging eine Kabellänge achter uns zu Anker. Uns fiel sogleich ihre Ähnlichkeit mit der „Virginia" auf, wenngleich dieselbe auch nicht so groß war wie die Ähnlichkeit unsrer Prise mit der „Black Queen", und bald gewannen wir die Überzeugung, daß wir nun endlich den echten „Vampyr" vor uns hatten.

Und darin täuschten wir uns nicht. Auf Kapitän Vernons Befehl begab Leutnant Collins sich an Bord der Brigg, und als der ihrem Kommandaten erzählte, wie es der „Virginia" gelungen war, sich uns gegenüber als die französische Kriegsbrigg „Vampyr" aufzuspielen, da fühlte sich dieser tatsächlich bewogen, seine Papiere vorzuzeigen, um zu beweisen, daß er nicht ebenfalls ein gefälschter französischer Marineoffizier sei.

Im Laufe dieses ereignisreichen Tages ward uns noch eine andre interessante Kunde. Als wir der „Virginia" zum zweiten Mal begegneten und diese so geschickt die Verfolgung der „Black Queen" markierte, da war sie mit dreihundert Sklaven an Bord auf der Fahrt nach Havana. Einer der Gefangenen hatte dies einem unsrer Leute mitgeteilt.

Um vier Uhr nachmittags trat die Mannschaft in ihrer besten Uniform an Deck zur Musterung an. Der Leichnam Mr. Austins war eingesargt worden. Man brachte die Boote zu Wasser und schaffte den mit einer Flagge bedeckten Sarg in die Barkasse. Als die Prozession im Begriff war, sich auf die Fahrt zu machen, da kamen vom „Vampyr" zwei Boote mit den Offizieren der Brigg, die von der Ermordung unsers ersten Leutnants Kenntnis erhalten hatten und sich nun dem Leichenbegängnis anschlossen. In ihren Booten, wie in den unsern, hingen die Flaggen halbmast an den Flaggenstöcken und schleppten lang im Wasser nach. Die Barkasse war von dem ersten und zweiten Kutter ins Schlepptau genommen, Perkins, der alte Master, führte sie den Creek hinauf, Kapitän Vernon und vier Offiziere folgten in den beiden Gigs.

Sobald wir von der Schiffsseite klargekommen waren, begann die Korvette Minutenschüsse abzugeben, die von der französischen Brigg erwidert wurden. So zogen wir langsam und feierlich den Creek aufwärts, die Schüsse wurden so lange abgefeuert, als die Boote in Sicht der Korvette waren.

Nach einer Fahrt von ungefähr zwei Seemeilen landeten wir an einer Lichtung, die der Skipper selber am Vormittag als Begräbnisstätte [ausgewählt hatte. Sechs Bootsmannsmaaten trugen den Sarg zur Gruft. Leutnant Langfeld und ich hielten die Zipfel des Flaggenbahrtuchs auf der einen, Perkins und Leutnant Collins auf der andern Seite; es ist dies eine alte englische Sitte. Der Kapitän schritt voran und las dabei mit lauter Stimme die Totengebete. Hinter dem Sarge folgten die andern Offiziere und die Mannschaften des „Wolf", den Beschluß machte das französische Trauergefolge.

Unter den fortgesetzten Gebeten des Skippers wurde der Sarg in die Gruft gesenkt. Leutnant Langfeld warf in tiefer Bewegung die erste Schaufel Erde in das Grab seines Freundes und Kameraden. Darauf stellte sich das Seesoldatenkommando auf beiden Seiten des Grabes auf und erwies dem Verschiedenen mit einer dreimaligen Gewehrsalve die letzte Ehrung. Das Grab wurde zugeschaufelt und ein hölzernes Kreuz am Kopfende aufgepflanzt. Dann machten wir uns auf die Rückfahrt, jetzt nicht mehr mit halbmast gesetzten Flaggen.

Ich unterlasse hier zu schildern, wie schwer mir ums Herz war und wie tief ich den Verlust des braven und liebenswürdigen Vorgesetzten fühlte, der mir stets so viel Freundlichkeit erwiesen hatte.

Beim Passieren der „Virginia" sahen wir, daß die neue Fockrahe bereits aufgebracht und das Segel untergeschlagen war; die übrigen Havarien hatte man gleichfalls ausgebessert, und so war die Brigg wieder vollständig seeklar.

Langfeld schaffte seine Siebensachen sogleich nach unsrer Ankunft von der Korvette auf die Brigg und kehrte dann noch einmal auf den „Wolf" zurück, um mit dem Skipper zu speisen und die letzten Instruktionen zu empfangen.

Später erhielten Leutnant Collins und ich den Befehl, in der Kajüte zu erscheinen. Hier sprach sich Kapitän Vernon kurz über den Verlust aus, den er und alle Mann durch Mr. Austins Tod erlitten, teilte uns mit, daß er Mr. Langfeld beauftragt habe, die Prise und die Gefangenen nach Sierra Leone zu bringen und dort dem Stationsadmiral zu überliefern. Auch habe er diesem in einem Schreiben empfohlen, die Brigg der Marine einzureihen und Langfeld zu ihrem Kommandeur zu ernennen. Und da nunmehr der Posten des ersten Leutnants an Bord des „Wolf" vakant sei, so habe er beschlossen, diesen vorläufig mit Leutnant Collins zu besetzen.

Darauf wendete er sich zu mir.

„Für den Posten des zweiten Leutnants habe ich Sie ausersehen, lieber Wetter", fuhr er fort. „Mr. Langfeld ist ein glänzendes Beispiel dafür, wie wertvoll die deutschen Herren für den britischen Marinedienst werden können. Keinen Dank, junger Freund; Sie werden bald genug inne werden, wie wenig Ursache Sie haben, mir für diese Beförderung dankbar zu sein. Denn diese belastet Sie mit einer schweren Verantwortlichkeit. Die Sicherheit des Schiffes und aller an Bord liegt während Ihrer Wache allein in Ihrer Hand, und noch viele andre Pflichten werden Ihre Wachsamkeit und Tüchtigkeit unaufhörlich in höchstem Maße in Anspruch nehmen. Von jetzt ab gibt es für Sie nichts mehr als Pflichten, Pflichten bei Tag und bei Nacht. Aber ich habe Sie beobachtet, wie ich Ihnen schon einmal sagte, und ich setze mein Vertrauen auf Sie. Ihre Ernennung ist selbstverständlich nur provisorisch und bedarf der Bestätigung durch den Admiral; ich hoffe aber, daß diese mit der Zeit eintreffen wird."

Er reichte mir die Hand, und Langfeld und Collins drückten mir ebenfalls Glück wünschend die Rechte. Es war inzwischen spät geworden, und da die „Virginia" am folgenden Morgen mit Tagesanbruch in See gehen sollte, verabschiedete Kommandeur Langfeld sich schnell und begab sich an Bord seines Fahrzeugs.

Ich aber schaffte meine wenigen Habseligkeiten in die bisher von Langfeld innegehabte Kammer und wußte dabei kaum, ob ich auf dem Kopf oder auf den Füßen wandelte.

———

Zwölftes Kapitel

Schiffsbrand. – Die „Black Queen". – Wie der „Wolf" verloren ging. – Die „Virginia" zu rechter Zeit. – Warum Don Manuel fast wahnsinnig wurde. – „Jetzt haben wir ihn!" – Die „Black Queen" genommen. – Das Ende Guerlins und Riberas. – Erfülltes Sehnen.

Am nächsten Morgen bei Sonnenaufgang verabschiedeten wir uns durch Flaggengrüße von dem „Vampyr" und verließen den Kongo zu einer längeren Kreuzfahrt in westlicher Richtung.

Die folgenden beiden Monate verstrichen ereignislos und langweilig, da wir während der ganzen Zeit kein Land anliefen und auch keinem Fahrzeug begegneten, das uns Aufmerksamkeit abgewinnen konnte. Am Ende des zweiten Monats – wir befanden uns unter 4° Südbreite und 5° Ostlänge und steuerten vor einer leichten, unstetigen Brise wieder dem Kongo zu – meldete kurz vor der Mittagszeit der Mann auf dem Ausguck zwei Fahrzeuge, die in Lee von uns beigedreht und dicht beieinander lagen, das eine ein Vollschiff, das andre eine Brigg; genaueres war nicht zu erkennen, weil ihre Toppen nur bis zu den Bramrahen über die Horizontlinie emporragten.

Kapitän Vernon ließ auf die Fremden abhalten; der Umstand, daß sie so nahe zusammenlagen, erschien ihm mit Recht verdächtig.

Gegen drei Uhr nachmittags waren ihre Unterschiffe von unsrer Großreuelrahe oberhalb der Kimmung sichtbar geworden; sie lagen augenscheinlich Bord an Bord, und der Skipper gewann immer mehr die Überzeugung, daß es dort nicht mit rechten Dingen zuginge. Dies sollte sich bald bestätigen, denn nach kurzer Zeit begannen von dem Vollschiff dicke schwarze Rauchwolken aufzusteigen, während die Brigg sich von ihm entfernte und unter vollen Segeln in westlicher Richtung davonmachte.

„Da ist ohne Zweifel dicht vor unsrer Nase ein ganz nichtswürdiger Seeraub ausgeführt worden", sagte der Skipper zu mir, als der Qualm immer dicker wurde und wie eine schwarze Wolke unmittelbar über dem Schiff in der klaren Luft hängen blieb. Wir schritten auf dem Quarterdeck hin und her und flöteten inständigst nach Wind, und alle an Deck befindlichen Mannschaften taten dasselbe. Das half jedoch alles nichts, die Brise war gänzlich abgeflaut und die Korvette lag in einer Windstille; sie war nicht zu steuern.

Kapitän Vernon eilte in seine Kajüte, erschien aber im nächsten Moment wieder an Deck.

„Lassen Sie den ersten und zweiten Kutter klarpfeifen, Mr. Wetter", rief er, „nehmen Sie einen Midshipman mit und rojen Sie nach dem brennenden Schiff. Wahrscheinlich ist dort dieselbe Schandtat verübt worden, die dem armen Teufel, dem Keppen Walker und seiner Mannschaft beinahe das Leben gekostet hat. Die Leute sollen ihre Säbel und Pistolen mitnehmen, um vorbereitet zu sein, wenn sie es mit dem Raubgesindel der Brigg zu tun kriegen sollten. Und sputen Sie sich, so sehr als möglich. Ihre erste Pflicht ist die Rettung der Schiffsbesatzung. Ihre zweite die Bergung des Schiffes selber, sofern dies noch angängig ist. Das Thermometer steigt, Wind ist also nicht zu erwarten, Ich werde jedenfalls alles tun, die Distanz zwischen uns und der Brigg zu verkürzen. Wenn Sie mit dem Schiff fertig sind, dann sehen Sie zu, was sie mit der Brigg anstellen können, es sei denn, daß Sie hier an Bord der Korvette das Signal zur Rückkehr wahrnehmen."

Wenige Minuten später war ich mit den beiden Kuttern auf dem Wege zu dem brennenden Schiffe. Schnell schossen wir über die glasige Oberfläche der träge wogenden Grundschwell der gewaltigen Rauchwolke zu, die uns als Richtungszeichen diente.

Wir waren kaum eine Seemeile vom „Wolf" entfernt, da hatte dieser sich bereits von sämtlichen andern Booten ins Schlepptau nehmen lassen; von den Nockten seiner Rahen baumelten Hängematten und Säcke herab, in denen sich Kanonenkugeln befanden. Diese waren dort angebracht, um durch die schwingende Bewegung, in die das mit der Schwell sich hebende und senkende Schiff sie versetzte, seine Fahrt zu fördern.

Der Rumpf der Brigg war von uns aus nicht zu sehen, da sie aber stetig westlich anlag, nahm ich an, daß sie sich mit langen Reemen fortbewegte oder aber sich gleichfalls schleppen ließ.

Die Sonne ging unter, als wir gerade den Rumpf des Schiffes über die Kimmung heraufgebracht hatten. Das ganze Fahrzeug war vorn und achtern eine einzige Flammenmasse, und ich begann einzusehen, daß es da nichts mehr zu helfen und zu retten gab. Trotzdem rojten wir aus Leibeskräften weiter und langten nach einer weiteren halben Stunde auf der Unglücksstätte an.

Noch waren wir eine Kabellänge von dem brennenden Schiff entfernt, da stürzten seine drei Masten krachend über Bord; auf eine Strecke von fünfzig Fuß war die Hitze bereits so groß, daß wir nicht näher herankonnten. In dieser furchtbaren Glut war nichts Lebendes mehr vorhanden; unsere einzige Aufgabe blieb noch die, den Namen des seinem Verhängnis verfallenen Fahrzeugs festzustellen, und dies gelang uns nur unter den größten Schwierigkeiten. Es war der „Egmont von Amsterdam".

Als wir von dem Qualm und der blendenden Glut klargekommen waren, fanden wir uns etwa sechs Seemeilen von der Brigg entfernt; bis zum „Wolf" war es eine Strecke von elf Seemeilen. Es war finstre Nacht geworden; das schwarzblaue

Firmament war mit Sternen besät, deren Widerschein auf der dunklen See glitzerte, und fern im Osten hatte sich die große Scheibe des Vollmondes soeben über den Horizont erhoben und warf eine lange rippelnde Lichtgasse vom Rande der See bis zu uns herüber.

Die hochgetürmte Leinwand der Korvette war bald sichtbar, bald wieder verschwunden, je nachdem die schlaff hin- und herschlagenden Segel das Mondlicht fingen und wieder verloren. Im Übrigen war alles dunkel an Bord, keine Laterne zeigte sich in der Takelung als Signal zur Rückkehr, und so gab ich frohlockend den Befehl, auf die Brigg loszurojen, fest entschlossen, sie wegzunehmen, wenn dies durch Mut und Kühnheit nur irgend zu erreichen wäre.

Allein kaum hatten wir in brausender Fahrt ein paar Bootslängen zurückgelegt, da wurden plötzlich an Bord des „Wolf" Laternen sichtbar – das Rückrufssignal.

Die Bootsmannschaften ließen ein grimmiges Murren der Enttäuschung hören.

„*Never mind,* Leute", rief ich. „Kapitän Vernon wird seine guten Gründe dafür haben. Beantworten Sie das Signal, Coxen. Aha, wie ich sagte! Die Korvette hat Brise, und wir werden sie auch gleich von achtern haben. Da kommt sie schon. Masten aufrichten und Segel setzen!"

Nach einer Stunde hatten wir die Korvette erreicht, die uns mit backgebraßten Rahen erwartete.

„*Well,* Mr. Wetter, was bringen Sie neues von dem brennenden Schiff?" rief der Skipper mir entgegen, als ich zu ihm auf das Quarterdeck trat.

Ich berichtete ihm, was ich gesehen.

„Bedauerlich", sagte er, „höchst bedauerlich! Wir können nur hoffen, daß wir die Besatzung unverletzt an Bord der Brigg vorfinden, wenn wir diese genommen haben werden. Aber nun gehen Sie unter Deck, der Steward hat Ihnen das Essen aufgehoben."

Das Wetter blieb die ganze Nacht fein. um zwölf Uhr löste ich Collins ab. Mein erster Blick galt der Brigg; ihre oberen Segel waren in dem hellen Mondschein deutlich sichtbar. Die Entfernung zwischen beiden Fahrzeugen betrug ungefähr zwölf Seemeilen. Sie blieb so bis zum Morgen. Zur Mittagszeit des nächsten Tages hatte sie sich bis auf sieben Seemeilen verringert. Ein Fieber ungeduldiger Erwartung hatte jede Seele an Bord erfaßt, alle brannten darauf, der Brigg auf den Leib zu rücken, denn durch unsere Gläser hatten wir längst erkannt, daß sie keine andere als die „Black Queen" war.

Dieses gefährliche Raubschiff war uns bisher schon so oft entwischt, daß wir fast eine Art Aberglauben ihm gegenüber fühlten; mochten wir auch noch so dicht an sie herankommen, mochten wir sie auch schon sicher in unsrer Gewalt wähnen — es war kein Verlaß auf den vertrackten Kasten, und nicht eher, bis wir eine Prisenmannschaft auf ihrem Deck wußten und ihre eigene Mannschaft in Eisen gelegt hatten, nicht eher durften wir sagen, daß sie tatsächlich unser sei.

Gegen zwei Uhr nachmittags sprang der Wind um; wir mußten auf Backbord die Leesegel fortnehmen. Eine schwere Wolkenbank türmte sich in Südwest auf, sie kroch langsam gegen den Wind heran, sie verschlang die Sonne, und bald verbarg eine dunkle wallende Nebelschicht das ganze Firmament. Es war nicht meine Wache, aber wie alle andern litt es auch mich nicht unter Deck. Das Wetter gefiel mir nicht. Ich fühlte, als stünde uns eine jener gewaltigen Wetterkatastrophen bevor, die in den tropischen Breiten so häufig sind, und dabei führte die Korvette noch immer alle Leesegel auf Steuerbord, neben der gesamten übrigen Leinwand, die nur irgend stehen konnte.

„Wenn meine Wetterkenntnis mich nicht ganz und gar täuscht", sagte ich zu mir selbst, „dann werden demnächst alle Mann alle Hände voll zu tun haben; und wir können von Glück sagen, wenn nicht einige von den Rundhölzern und den Lappen da oben zum Teufel gehen."

Ich vergaß mich sogar soweit, dem wachhabenden Offizier, Leutnant Collins, in den Dienst zu pfuschen und ihn auf solch eine Möglichkeit aufmerksam zu machen, wodurch ich mir jedoch nur eine etwas spöttische Zurückweisung zuzog.

Der Skipper war auch an Deck; die Art, wie er bald zu den drohenden Wolkenmassen unter dem Firmament aufblickte, bald nach der Brigg auslugte und dann die ungeheure Fläche der Segel musterte, ließ mich erkennen, daß er ähnliche Bedenken trug wie ich.

Schließlich trat er zum Scheileit, um auf das Barometer hinabzublicken. Ich beobachtete ihn, sah ihn erschrecken und abermals und schärfer als zuvor hinunterschauen. Dann lief er schnell die Kajütstreppe hinab, um sich völlige Gewißheit zu holen, wie ich meinte. Ich ging achteraus, um ebenfalls durch das Scheileit einen Blick auf das Instrument zu werfen – da begannen die Segel plötzlich zu knattern und zu schlagen, und in der nächsten Sekunde brach plötzlich ein furchtbarer Tornado über uns herein.

Im Nu lag das Schiff ganz auf der Seite, von der unwiderstehlichen Gewalt des Sturmes hilflos niedergedrückt. Mir war, als hörte ich Collins Stimme irgendeinen Befehl erteilen, aber in dem betäubenden Sausen des Windes war kein Wort zu verstehen.

Als das Deck unter meinen Füßen immer schräger und steiler wurde, sprang ich in verzweifelter Hast zur nächsten Kanonenpforte an der Luvseite hinauf, denn instinktiv ward mir die Gewißheit, daß die kurze Lebenszeit des „Wolf" zu Ende sei, daß er sich nie wieder aufrichten, sondern ganz und gar kentern werde. Ich mußte auf einmal lebhaft an die Worte denken, die die Schauerleute in Portsmouth auf der Werft gesprochen hatten, damals, als ich die Fertigstellung des neuen Schiffes beobachtete. Mir war, als töne der Klang dieser Worte mir noch in den Ohren und ich wußte, daß die in ihnen liegende Prophezeiung sich jetzt erfüllen sollte.

Es gelang mir, eine der Geschütztaljen zu erfassen; an der zog ich mich zur Pforte hinan, kroch hindurch und hinaus auf die jetzt wagerecht liegende Luvseite des Schiffes. Hier verweilte ich einen Moment, um hinter mich oder vielmehr unter mich zu schauen. Was ich da sah, werde ich nie vergessen.

Das Schiff lag flach auf der Seite. Die unteren Enden der Rahen waren tief im Wasser begraben, ebenso die ganze Leeseite des Decks. Die Fluten ergossen sich in Strömen durch die Luken ins Innere, ich sah wie die Mannschaften, die die Wache zur Koje gehabt hatten, vergeblich versuchten, an Deck zu gelangen; der Wassersturz riß sie immer wieder zurück. Die Mannschaften der Wache an Deck schwammen teils leewärts in der See, teils klammerten sie sich an die Takelung.

Ich hatte diesen Anblick nur auf wenige Sekunden, dann kenterte das Schiff gänzlich und zwar so schnell, daß ich kaum Zeit behielt, über die schlüpfrige Wand bis auf den Boden zu kriechen. Als es völlig kieloben trieb, rang sich ein furchtbarer Schrei aus seinem Innern, vernehmbar selbst durch das donnernde Tosen des Sturmes und der See.

*   *   *

Außer mir waren noch sechs Matrosen dem Tode entronnen. Wir hatten uns aus einigen treibenden Rundhölzern, Hühnerhocken und andern Wrackstücken ein Floß hergestellt und trieben nun einsam auf der unermeßlichen See – nur sieben Überlebende von den Hunderten, die die Besatzung der Korvette gebildet hatten.

Der Sturm hatte nicht lange gewährt, zehn Minuten nach dem Kentern des „Wolf" hatte er sich in eine mäßige Brise verwandelt, die sich die „Black Queen" zunutze machte. Sie mußte den Untergang des „Wolf" wahrgenommen haben; sie hielt auf uns ab, und schon hegten wir die Hoffnung, von ihr aufgenommen zu werden; sie kam auch bis auf eine halbe Seemeile an uns heran, wir riefen und winkten, aber sie achtete nicht darauf, lief vorbei und war bald in Lee aus Sicht.

Die Nacht sank auf unser trauriges Häuflein nieder. Wir machten uns mit dem Gedanken vertraut, den langsamen Tod des Verhungerns und Verdurstens erleiden zu müssen, wenn uns nicht bald ein Sturm ein schnelleres Ende bereitete.

Allein schon der nächste Morgen zerstreute unsre düsteren Befürchtungen, denn kaum war die Sonne aufgegangen, da kam in nördlicher Richtung ein Segel in Sicht, das direkt auf uns abhielt. Als es über die Kimmung emporgewachsen und vollständig sichtbar geworden war, erkannten wir in ihm die „Virginia". Eine halbe Stunde lag sie beigedreht zu Luwart von uns; auf ihrem Achterdeck sah ich Kommandeur Langfelds wohlbekannte Gestalt. Ein Boot wurde ausgesetzt und bald hatten wir die sicheren Decksplanken der Brigg unter unsern Füßen und wurden bestürmt von den Fragen unsrer ehemaligen Schiffsgenossen.

Langfeld war entsetzt über meinen Bericht von dem plötzlichen Untergang der Korvette. Er steuerte nach der Unglücksstätte, in der Hoffnung, noch einige Überlebende aufsammeln zu können. Wrackstücke sahen wir genug auf dem Wasser treiben, Menschen aber fanden wir nicht.

Schweren Herzens gaben wir endlich die Suche auf und setzten den Kurs auf den Kongo. Wir waren überzeugt, daß die „Black Queen" ihren Weg dorthin genommen hatte. Am fünften Tage nach unsrer Errettung durch die „Virginia" gingen wir im Banana Creek zu Anker. Noch an demselben Nachmittag forderte Langfeld mich auf, mit ihm in der Gig eine Fahrt zu unternehmen, um den Verbleib der „Black Queen" zu erkunden. Er war der Meinung, sie in dem Creek zu finden, der bis zu Don Manuels Besitzung heranreichte und wo wir sie am Abend der Wegnahme der „Josefa" schon einmal gesehen hatten.

Wir suchten den Creek und alle seine Nebenarme mit größter Sorgfalt ab bis hinauf zu seinem Ende, ohne auch nur die geringste Spur von der Brigg oder von einem andern Fahrzeug zu finden.

Da wir uns nun einmal in jener Gegend befanden, war es selbstverständlich, daß wir unserm ehemaligen Gastfreund und seiner lieblichen Tochter, die uns in der Zeit unsrer Not so warmherzig aufgenommen und gepflegt hatten, einen Besuch abstatteten. Langfeld befahl der Bootsmannschaft äußerste Wachsamkeit, und dann einen eilten wir beflügelten Schrittes Don Manuels Plantage zu.

Bald standen wir vor dem Palissadenzaun, der den Garten einhegte; wir traten durch die Pforte und erblickten das Haus genauso, wie wir es zuletzt gesehen hatten, Tür und Fenster weit offen, die leichten Vorhänge im Winde wehend. Während wir den Pfad hinaufschritten, verwendete Langfeld keinen Blick von der Tür, in der Hoffnung, Donna Antonia erscheinen zu sehen. Ich ließ meine Augen links und rechts über die fruchttragenden Bäume, die Sträucher und die farbenprächtigen Blumen schweifen und freute mich des Schattens, den die Laubkronen auf den Weg warfen.

Plötzlich fielen mir einige große und tiefe Fuß-
spuren im Sande des Pfades auf. Ein paar Schritte
weiter hing ein abgerissenes Stückchen weißen
Kleiderstoffes an dem Zweig eines dornigen Bu-
sches. Es war leicht mit Blut befleckt. Ich begann
zu fürchten, daß Donna Antonia die Verletzte sein
könnte, verschwieg dies aber meinem Gefährten.

Wir betraten ohne weiteres das Haus, um die
Herrschaften zu überraschen. Im Wohnzimmer
fanden wir keine Seele. Der Tisch und einige Stüh-
le waren umgeworfen. Am Fußboden lag eine
zerrissene Damenschärpe, auch andre Spuren eines
Ringens oder eines Kampfes zeigten sich hier und
da.

Wir blieben wie gebannt auf der Schwelle stehen und sahen uns an. Dann tat Langfeld einige
Schritte vorwärts und stieß auf einmal einen
Schreckensruf aus. Ich folgte der Richtung seines
ausgestreckten Fingers – hinter der Tür lag der alte
Pedro, das Gesicht nach unten, eine kleine Blutla-
che unter der Stirn. Wir drehten ihn herum – er
war tot, aber noch warm. Eine Schußwunde der
Stirn verriet uns, auf welche Weise er ums Leben
gekommen war.

Ich gedachte jener Nacht, wo man versucht hatte, Donna Antonia zu entführen, und sogleich kam
mir die Überzeugung, daß wir es auch gegenwärtig
mit einem Stück Arbeit Sennor Riberas zu tun
hatten.

Langfeld hatte denselben Gedanken.

„Donna Antonia –" sagte er mit halber Stimme; „wo mag sie sein?"

Dann eilte er hinaus auf die das Haus umgebende Veranda und rief:

„Antonia! Antonio! Wo bist du? Ich bin's, Robert!"

Keine Antwort. Darauf rief er abwechselnd nach Don Manuel und der alten Madre Dolores.

Jetzt hatte er bessern Erfolg, denn als er atemschöpfend innehielt, kam aus dem Hintergrunde des Gartens eine Stimme, die auf Spanisch antwortete:

„Holla! Holla! Wer ruft mich da so ungestüm?"

Eifrig noch jener Richtung auslugend, sahen wir Don Manuel daherkommen, das Gewehr über die Schulter gehängt und eine wohlgefüllte Sammeltasche an der Seite.

Wir liefen ihm entgegen und wurden freudig von ihm begrüßt, Langfeld aber unterbrach ihn mit der angstvollen Frage:

„Wo ist Donna Antonia?"

„Ist sie nicht im Hause?" sagte Don Manuel ein wenig erstaunt.

„Ich habe sie nirgends entdecken können", entgegnete Langfeld, „und ich fürchte sehr –." Hier unterbroch er sich. Dann fuhr er fort: „Haben Sie übrigens kürzlich etwas von Ihrem Freund Sennor Ribera gehört oder gesehen?"

„Nein", erwiderte Don Manuel, „seit er meine Tochter zu rauben versuchte, weiß ich nichts mehr von ihm. Wie ich aber vorhin gesehen habe, liegt sein Fahrzeug unten im Creek, und aus diesem Grunde hatte ich mich auch auf den Heimweg gemacht. Wenn solch ein Mensch in der Nähe ist, kann man nicht vorsichtig genug sein."

„Was? Sein Fahrzeug liegt im Creek?" rief Langfeld ungläubig. „Dann muß es innerhalb der letzten halben Stunde dort angelangt sein, denn länger ist es noch nicht her, seit wir den Creek von der Mündung bis zum Ende abgesucht haben, ohne ein Fahrzeug zu bemerken."

Nach einigen schnell gewechselten weiteren Fragen stellte es sich heraus, daß sich in der Nähe von Don Manuels Besitztum zwei Creeks befanden; wir waren in dem westlich gelegenen heraufgekommen, Riberas Schiff aber lag in dem andern.

Jetzt begann Langfeld mit großer Vorsicht den alten Herrn auf das Unglück vorzubreiten, von dem sein Haus während seiner Abwesenheit heimgesucht worden war. Als der Ärmste alles erfahren hatte, war er so furchtbar erschüttert, daß ich fürchtete, er werde den Verstand verlieren. Langfelds liebevoller Festigkeit und vernünftigem Zureden glückte es jedoch endlich, ihn zu einer ruhigeren Auffassung der Sachlage zu bringen.

Die Durchsuchung des Hauses ergab keinen Anhalt, wohl aber die Besichtigung der Spuren, die ich auf dem Gartenpfade entdeckt hatte. Es mußten mindestens sechs Männer in das Besitztum einge- drungen sein; es hatte ein Kampf stattgefunden, in dem der treue Pedro sein Leben verlor, und dann waren Donna Antonia und Madre Dolores gewalt- sam fortgeschleppt worden. Nachdem wir zu die- ser Schlußfolgerung gekommen waren, gingen wir den Spuren nach, durch den Wald und hinab bis zu dem von Don Manuel erwähnten Creek. Hier, in dem Schlick des Ufers, fanden wir neben den Männerspuren auch einige leichtere von Frauenfü- ßen und außerdem die Stelle, wo sich der Vorste- ven eines Bootes in das Erdreich eingedrückt hatte.

Demnächst führte uns Don Manuel an einen Ort, von wo, wie er meinte, das Schiff zu sehen sein müßte, und richtig, da lag die „Black Queen" dicht am Ufer unter dem Gezweig der Mangroven.

Nunmehr wurde Kriegsrat gehalten. Die Brigg zu nehmen, wie wir damals die „Josefa" genom- men, war unmöglich. Don Manuel sagte uns, daß das Fahrzeug erst mit Hochwasser die vor der Creekmündung liegende Barre passieren könnte, also um sechseinhalb Uhr abends. Daß Ribera um diese Zeit aus dem Creek segeln würde, war mit Bestimmtheit anzunehmen, da er seine Beute in Sicherheit gebracht hatte.

Wir beschlossen daher, ohne Zeitverlust an Bord der „Virginia" zurückzukehren. Don Manuel war einverstanden, uns zu begleiten. Vorher war jedoch noch die traurige Pflicht der Bestattung des armen Pedro zu erfüllen. Unter dem Beistande von sechs Mann unsrer Bootsmannschaft war dies schnell vollbracht, Don Manuel verschloß sein Haus, dann eilten wir zur Gig hinunter und rojten zu unserm Schiff zurück.

An Bord der „Virginia" angelangt, nahm Kommandeur Langfeld Don Manuel und mich sogleich mit sich in seine Kajüte, um uns den Plan mitzuteilen, den er sich während der Rückfahrt zurechtgelegt hatte. Der war einfach genug.

Der Skipper zweifelte nicht, daß sich die „Black Queen" nach eingetretenem Hochwasser davonmachen würde. Das Wetter war fein, das Barometer stand hoch, wir konnten daher darauf rechnen, daß kurz nach Sonnenuntergang der Landwind einsetzen würde. Dieser Wind war günstig zum Verlassen des Flusses, aber solange er anhielt, konnte kein Schiff ihm und der starken Strömung entgegen in den Fluß einlaufen.

Sobald der nächtliche Flußnebel dicht genug war, sollte die „Virginia" in See gehen und dort die „Black Queen" erwarten. Wir wußten genau, welchen Weg diese zu steuern hatte, sie konnte uns daher nicht entgehen.

Wir liefen aus, klar zum Gefecht. Der Landwind trieb den Nebel bis auf eine Entfernung von sieben Seemeilen über die Flußmündung hinaus; wir wußten dies und stationierten uns an der Grenze das

Nebels, langsam und in kurzen Schlägen hin- und herkreuzend.

Alles was Augen hatte hielt den schärfsten Ausguck. Ich hatte meinen Stand am Bugspriet genommen. Plötzlich gewahrte ich drei Strich zu Luwart eine dunklere Stelle in dem dicken Nebel – das konnte nur die Banditenbrigg sein.

„Segel ho!" rief ich jubelnd. „Steuerbord voraus!"

Und fast gleichzeitig meldeten eine Menge andrer Stimmen dasselbe.

Der dunkle Schatten nahm schnell Form und Gestalt an und dann schoß, platt vor dem Winde laufend und mit Leesegeln auf beiden Seiten eine Brigg aus dem Nebel heraus in die klare Nachtluft.

Ich eilte achteraus zum Skipper Langfeld.

„Was der Kerl für Nerven haben muß!" rief der mir entgegen. „Unter Leesegeln durch den Nebel aus dem Kongo zu laufen! Aber jetzt haben wir ihn, in den Fluß hinein kann er nicht wieder. Die beiden Enterdivisionen sollen sich vorn und achtern bereit halten, Mr. Wetter."

„*Ay ay, sir!*" antwortete ich und im Nu standen die Leute auf ihren Posten.

Die „Black Queen" machte ein paarmal den Versuch, uns auszuweichen, das gelang ihr jedoch nicht. Sie behielt schließlich trotzig ihren Kurs bei und bald liefen beide Briggen in einem

Abstande von kaum hundert Fuß eine Minute lang nebeneinander her.

Plötzlich öffnete Ribera die Stückpforten und schmetterte seine Backbordbreitseite in uns hinein. Er hatte hoch zielen lassen, in der Absicht, uns durch Wegschießen des Masten- und Takelwerks lahm zu legen. Unsre Untersegel wurden zerfetzt, ebenso etwas von dem stehenden Gut, ernstliche Havarie aber gab es nicht.

Kommandeur Langfeld gab, ohne einen Blick von der andern Brigg zu verwenden, dem Rudersmann einen Wink, der drehte das Rad ein halb Dutzend Speichen nach Backbord und die „Virginia" schob näher an den Gegner heran.

„Nicht eher feuern, ehe ich das Kommando gebe", rief Langfeld den Geschützmannschaften zu, „und keine Kugel darf unterhalb der Reling treffen!"

Ich wußte, woran er hierbei dachte. Antonio befand sich jedenfalls in der Kajüte und sollte dort nicht in Gefahr kommen.

„Und ist die Breitseite abgegeben", fuhr er fort, „dann die Säbel gezogen und klar mit den Enterhaken!"

Während die Fahrzeuge immer näher aneinander kamen, wurde von der „Black Queen" eine Gewehrsalve abgefeuert. Ich sah Langfeld zusammenzucken und zwei Schritt seitwärts taumeln; aber sogleich bezwang er sich wieder, gab dem Rudersmann abermals einen Wink und kommandierte:

„Feuer!"

Die Geschütze donnerten, und zugleich mit dem Krachen der brechenden und splitternden Rundhölzer und Planken und dem Geschrei der Verwundeten fühlte ich den Zusammenstoß der beiden Schiffe.

Die Enterhaken wurden geworfen, die Entermannschaften stürzten sich wie eine brausende Woge auf das feindliche Deck. Die Banditen wehrten sich verzweifelt, sie fochten wie nur Leute zu fechten wissen, die den Strick des Henkers schon am Halse fühlen. Langfeld und Ribera hatten einander bald herausgefunden; nach wenigen blitzschnell gewechselten Stößen fiel der letztere, von des Skippers Klinge durch und durch gerannt. Aber noch im Sturze riß der Bandit eine Pistole aus dem Gurt und feuerte sie auf Langfeld ab, dem die Kugel durch die Lunge drang. Er drehte sich rundum und wäre niedergesunken, wenn ich ihn nicht in meinen Armen aufgefangen hätte.

Von dem weiteren Verlauf des Kampfes weiß ich nur wenig, da ich den verwundeten Skipper an Bord seines eigenen Fahrzeugs zu schaffen hatte. Kaum war mir dies gelungen, da verkündete das Jubelgeschrei unsrer Leute, daß die „Black Queen" unser war.

Während der Doktor sich Langfelds annahm, eilte ich zurück auf die Prise und sofort hinunter in deren Kajüte. Der mit unerhörter Pracht ausgestattete Raum war leer.

„Donna Antonia!" rief ich. „Donna Antonia! Sind Sie hier? fürchten Sie nichts, ich bin's – Paul Wetter. Wir haben diese Brigg genommen; Ribera ist verwundet, wenn nicht tot. Ihr Vater ist mit uns, und Sie sind frei!"

Die Tür einer Kammer öffnete sich vorsichtig und die alte Madre Dolores zeigte sich in dem Spalt, eine Pistole in erhobener Hand. Als sie mich erkannte, warf sie die Waffe fort, stürzte heraus, fiel mir mit einem Jubelruf um den Hals und erstickte mich beinahe mit Küssen. Es gelang mir nicht ohne Schwierigkeit, mich ihrer Umarmung zu entwinden, und nun sah ich auch Donna Antonio, die aus derselben Kammer gekommen war.

Mit wenigen Worten war alles erklärt, dann geleitete ich beide an Bord der „Virginia" und führte sie zu Don Manuel.

*   *   *

Wir kehrten mit unsrer Prise nach dem Banana Creek zurück und blieben hier einige Tage, um die Gefallenen zu bestatten und die Havarien auszubessern.

Don Manuel benutzte die Gelegenheit, um einen Abstecher nach seinem Hause zu machen, von dem er nach wenigen Stunden mit einer kleinen aber festen und außerordentlich schweren Eichenholzkiste zurückkehrte, die, wie er mir anvertraute, die Mitgift seiner Tochter in spanischen Dollars enthielt.

Vom Banana Creek segelten die beiden Briggen in Gemeinschaft nach Sierra Leone. Hier wurde die „Black Queen" bald darauf gerichtlich mit Beschlag belegt und für ein Seeräuberschiff erklärt. Mein Zeugnis und das der andern sechs Überlebenden vom „Wolf" galt als ausreichender Beweis dafür, daß sie sich mindestens in einem Falle, in dem des „Egmont von Amsterdam", der Seeräuberei schuldig gemacht hatte. Die Gerichtsverhandlungen waren soeben geschlossen, da stellten sich noch andre Zeugen ein, darunter Kapitän Walker von der „Ophelia". Das Verfahren wurde wieder aufgenommen, sowohl gegen die Besatzung der „Black Queen", als auch gegen die des ehemaligen „Vampyr".

Hierbei stellte sich heraus, daß der sogenannte Leutnant Guerlin ein Bruder des Sennor Garcia Ribera war. Beide, zugleich mit der Mehrzahl ihrer Raub- und Mordgesellen, büßten ihre Verbrechen am Galgen.

Langfelds Brustwunde erwies sich als nicht unbedenklich. Der Stationsarzt empfahl ihm daher dringend, bei erster Gelegenheit in seine Heimat zurückzukehren, deren Klima für solche Verletzungen nicht so gefährlich sei, wie das der afrikanischen Westküste.

Es fügte sich, daß die kleine englische Bark „Fidelio" in den nächsten Tagen von Sierra Leone nach London in See zu gehen hatte. Auf ihr schifften sich Langfeld, Don Manuel, Donna Antonia und Madre Dolores ein, und da der Admiral auch mir einen längeren Urlaub zur Wiederherstellung meiner Gesundheit anbot, so schloß ich mich der lieben Gesellschaft an.

Langfelds und meine Beförderung waren von dem Stationsadmiral bestätigt worden. Vier Monate später meldeten wir uns wieder zum Dienst; Langfeld erhielt das Kommando des „Terror", einer Korvette von zwanzig Kanonen, und ich wurde ihm als zweiter Leutnant beigegeben. Wir erlebten in den westindischen Gewässern manch Abenteuer miteinander, worüber ich vielleicht später einmal berichten werde.

Langfeld ist im englischen Seedienst geblieben und hat einen hohen Rang erreicht. Ich trat im Jahre 1858 in die preußische Marine ein und machte von 1859 bis 1862 als „Leutnant zur See" (Oberleutnant) an Bord der Schraubenkorvette „Arcona" die Expedition nach Ostasien mit.

Seitdem ist Deutschland eine große Seemacht geworden. Das Sehnen jener Patrioten, über deren Häuptern noch die schwarzrotgoldene Flagge wehte, hat sich über Erwarten glänzend erfüllt.